PAOLO

La Leggenda della Principessa della Montagna

Un Menestrello coraggioso, una pietra magica,
una Fata, una Principessa di buon Cuore
e il Popolo dei Piccoli Uomini
sconfiggeranno una perfida Strega
e la malvagia Regina di Ghiaccio.
L'Amore, la Musica e il Canto
vincono le forze oscure del Male.

una Favola per Bambini e Ragazzi
e per chi ama ancora Sognare

A Jacopo Menconi

3

PRESENTAZIONE

Le favole hanno da sempre incantato grandi e piccini e hanno la straordinaria capacità di trasmettere un sapere antico, con grande semplicità e in modo diretto. È stato, quindi, un immenso piacere scriverne una, nella quale i protagonisti sono la Musica, la Generosità, l'Amore e il Coraggio.

Ringrazio di cuore tutti gli Artisti e Amici che mi hanno aiutato in questa "avventura" e coloro che mi hanno gentilmente dedicato degli splendidi pensieri che potrete leggere nel libro.

Se un giorno, questa mia breve favola avesse contribuito a far appassionare anche un solo giovane lettore al favoloso mondo della Musica, sarà per me motivo di grande gioia e di orgoglio averla scritta.

Paolo Menconi

PENSIERI

La prima cosa che mi viene in mente leggendo questa bellissima favola, è che mi ritrovo moltissimo con il personaggio del coraggioso Menestrello che vuole salvare la Principessa e che ha come sua arma e suo super potere, la Musica. La Musica è Magia, è Energia, è conforto, è la possibilità di trasformazione e di sognare ad occhi aperti ma, soprattutto, è Amore per la vita e per tutte le principesse ed i Menestrelli del mondo.

Giorgio Vanni

Friedrich Nietzsche scriveva: "Liberarsi di tutti i vincoli umani, sociali, morali, finché possiamo danzare e cantare come i bambini." I bambini sono liberi di dire quello che pensa-

no, sono liberi mentre danzano e liberi mentre cantano, io vorrei tornare ad essere un bambino, libero di immaginare e di credere alle favole.

Luca Canonici

Mi sono sempre piaciute le favole che sono così utili agli adulti, come divertenti ed istruttive per i più piccoli. Mi complimento con te per questo interessante e coinvolgente lavoro. La fiaba e la musica sono premesse insostituibili per chi ama sognare.

Ivano Berti

Una favola che narra di un viaggio in cui il protagonista scopre chi vuole essere, in cui acquista consapevolezza che la sua arte non solo può allietare gli animi, ma può anche diventare strumento per combattere il potere di chi è malvagio. "Quante strade dovrà percorrere un uomo prima che possa definirsi un uomo?" (Bob Dylan, il Menestrello di Duluth)

Gabriele Coltri

PERSONAGGI

Il Nipote: Flann
Il Nonno
Il Menestrello: Neil
Il Piccolo Uomo: Owen
La Principessa: Eileen
La Regina di Ghiaccio
Il Maestro Bardo: Galvan
Il Capo Saggio dei Piccoli Uomini: Finnian
Dama del Bosco: Oona

IL NONNO

Il sentiero si arrampicava dal fondo della valle aggirando un ripido colle, sino a giungere su un ampio altipiano da cui si vedevano i profili morbidi di varie colline. Da qui, scendendo lungo chine e declivi e risalendo versanti scoscesi, si rituffava di nuovo in altre valli serpeggianti.

Riconoscevo ogni sasso, ogni albero eppure, tutte le volte che passavo di là, mi sentivo di buon umore ed eccitato come in un giorno di festa.

Ero partito prima dell'alba e la pioggia e il sole avevano giocato nel cielo tutta la giornata, mentre attraversavo fitti boschi e radure circondate da cespugli di mirtilli, di lamponi e di fragole selvatiche. L'aria era invasa dall'intenso profumo della terra umida, dei funghi e delle foglie bagnate.

"Sono quasi arrivato!" pensai, mentre guardavo altri sentieri lontani che si inerpicavano sino alle ripide vette di alte montagne.

Cavalcavo con il vento che soffiava turbinoso da Nord e spingeva cumuli minacciosi di nuvole, sempre più scure e grosse, che rovesciavano scrosci di pioggia torrenziale sulle cime delle colline lontane.

Non si vedeva altro, in lontananza, che acqua e lampi che squarciavano l'orizzonte e il cielo nero, lacerandoli all'improvviso con artigli luminosi e con suoni spaventosi. Le forti raffiche di vento portarono la pioggia che, feroce, cominciò a frustarmi il viso.

Arrivai al trotto, finalmente, ad un'ampia radura dove sorgeva un piccolo castelletto di campagna, cir-

6

condato da meli e ciliegi e da un bel prato con l'erba bassa: era la casa del nonno.

Appoggiato alla grande porta di legno appena socchiusa, scorsi il vecchio nonno che osservava le colline vicino, dove grossi rivoli d'acqua scorrevano gorgogliando verso valle e tagliavano il terreno come serpenti d'argento. Mi vide e lo salutai.

Mi rispose con un ampio gesto della mano e con un largo sorriso.

Portai il cavallo nella stalla e, dopo aver tolto la sella, lo asciugai per bene e lo coprii con una morbida coperta. Gli accarezzai il muso e uscii.

Raggiunsi la casa correndo, tenendo le braccia sopra la testa per proteggermi dai violenti scrosci che avevano ormai inzuppato il mio mantello. Con un balzo saltai una grossa pozzanghera che si era formata proprio di fronte all'ingresso, e varcai la soglia con i miei grossi stivali che erano fradici sino in cima. Me li tolsi e li misi vicino al camino dove un fuoco vivo riempiva la stanza con un calore avvolgente, mentre gli scoppiettii della legna davano la sensazione di un canto magico e misterioso.

La casa era invasa dall'odore della legna bruciata che si mescolava al profumo inebriante del pane abbrustolito sulla brace, che arrivava dalla cucina.

Mi piaceva stare con il nonno e, appena potevo, lo andavo a trovare.

Avevo deciso di passare alcuni giorni in quella grande casa dove erano riposti, da sempre, alcuni ricordi della mia infanzia: il legno rugoso di una cassapanca piena di giochi, il cigolio del mio letto e l'odore intenso delle mele messe a maturare sulle sporgenze delle finestre della cucina.

Ma, c'era un posto che veramente adoravo e dove si respirava un'aria di saggezza antica: una gran-

de sala piena di libri con le pagine impreziosite da disegni dorati e dai mille colori, scritti anche in lingue di terre lontane che non conoscevo. Su un grande tavolo era appoggiato anche uno vecchio liuto, circondato da altri strani strumenti musicali.

Nelle belle giornate, il nonno amava passare il tempo in compagnia di una magnifica aquila. Faceva lunghe passeggiate nei boschi e sulle colline, mentre l'aquila volava alta nel cielo. Quando lei volteggiava per raggiungerlo e gli si appollaiava sul braccio chiudendo le sue ampie ali dorate, lui le parlava con dolcezza, come si parla ad una persona. Pensavo che fosse una strana abitudine ma, a guardarli, ero certo che si capissero.

Al ritorno da una di queste passeggiate, una volta, il nonno mi aveva mostrato una preziosa spilla a forma di aquila che teneva in un cassetto. Era tutta d'oro, con una grossa pietra rossa al centro.

Rimasi incantato dalla luce intensa che la pietra emetteva: sembrava addirittura pulsare nelle sue mani. Non osai toccarla.

"Viene da terre lontane, ed era appartenuta ad un grande Re!" aveva sussurrato a bassa voce mentre la riponeva con cura nel cassetto e, con un leggero sorriso, aveva aggiunto: "Un tempo, si diceva che fosse una spilla magica!"

La sera, il nonno, aveva l'abitudine di raccontare appassionanti storie che parlavano di fatti accaduti molto tempo prima e che aveva sentito, quando era piccolo, mentre se ne stava rannicchiato accanto al focolare ad ascoltare i racconti dei grandi.

Ma, quella volta, aveva uno strano umore: era tutta la sera da quando ero arrivato, che gironzolava con un piccolo libro in mano, con le pagine ingiallite

8

e un po' rosicchiate. Lo aveva trovato in un vecchio baule, in un angolo, in mezzo a varie cianfrusaglie di poco conto: così mi aveva detto!

La copertina era di cuoio con alcuni strani intarsi, e sembrava molto vecchio. Era decorato con alcuni simboli rari e misteriosi che non conoscevo. Lo teneva tra le mani, come fosse un tesoro, come un bimbo tiene stretto un giocattolo appena regalato.

La pioggia era, ormai, finalmente cessata: solo il tintinnio di alcune gocce d'acqua rompeva il silenzio della notte. Dalle finestre del salone riscaldato dal grande camino che diffondeva un delicato profumo di resina, potevo vedere ampi squarci di cielo. La luna aveva iniziato a brillare tra le nuvole che le facevano un po' di spazio.

Salutai il nonno e andai a dormire presto: un sonno profondo mi avvolse con il tepore di una coperta calda in una fredda notte d'inverno.

Ad un certo punto io sentii, o forse mi parve di sentire e non sapevo se in sogno o nella realtà, un lontanissimo e dolce canto. Era come una piccola luce dietro una tenda spessa, una luce soffusa, un suono magico, irreale. Era struggente, e più cercavo di avvicinarmi a quelle note dolcissime, più sembrava che il canto fuggisse lontano.

La visione e il sogno scomparvero; mi svegliai all'improvviso e aprii gli occhi: era l'alba.

Il nonno era in piedi di fronte a me; mi osservava con la fronte aggrottata e un'aria un po' divertita. La sua bocca si tese leggermente e un accenno di sorriso comparve sulle sue labbra. Non disse una parola ma, dallo sguardo con cui mi guardava, capii che sapeva del mio strano sogno. Sì, lui sapeva.

Dopo un'abbondante colazione con latte, miele e con il pane fragrante e caldo appena sfornato che pro-

fumava l'aria, mentre seguivo il nonno lungo un sentiero tra boschi e laghetti, una splendida aquila dorata apparve alta nel cielo limpido e azzurro.

Fece una serie di eleganti volteggi che sembravano una danza e, con un lungo grido, lo salutò!
Era proprio la regina del cielo.
Volava maestosa e regale, facendosi trasportare dal vento e disegnando ampi cerchi. Si allontanava sino a sparire tra le nuvole lontane e, lanciando un lungo saluto, ricompariva all'improvviso come se stesse giocando mentre si tuffava in picchiate vertiginose. Ogni tanto planava con eleganza e, senza sbattere le ali, andava ad appollaiarsi sul suo braccio ricevendo un tenero buffetto sul capo. Sembrava che l'aquila gli sorridesse con gli occhi: erano occhi dolci e intelligenti. E lui, l'amava.

Quel giorno, mentre attraversavamo il bosco, fui preso dalla strana sensazione che stesse per succedere qualcosa di speciale. Non avevo assolutamente idea di che cosa potesse accadere, ma provai un leggero turbamento che mi accompagnò per tutta la giornata, sino al ritorno a casa.

Arrivò presto la sera e, alla luce del fuoco scoppiettante del grande camino il nonno, seduto su una sedia intarsiata, aprì il suo prezioso libro.

Sfogliò le prime pagine ingiallite con la delicatezza con cui si maneggia una reliquia e iniziò a leggere con la sua voce profonda e avvolgente che, come un vento caldo, mi portò lontano.

E così, cominciò la storia…

ANNO DOMINI MLXI

Cominciai in una notte illuminata dalla luna a scrivere queste pagine. All'inizio tenevo la penna in mano con fatica. Dentro di me si mescolavano un po' di tristezza e un po' di sofferenza mista a nostalgia.

Le parole, al principio, si svelavano lentamente, come fossero rintanate nei sentieri nascosti dei ricordi poi, piano piano, la penna cominciò a scorrere sempre più velocemente sui fogli.

Forse, un giorno, qualcuno troverà questo libro con le pagine ormai ingiallite e consumate dal tempo e, forse, avrà voglia di leggerlo.

La storia è una storia vera, con i fatti che, per quanto strani possano sembrare, raccontano quel che veramente accadde.

Saluto quel paziente lettore sin d'ora e lo invito, quando avrà finito di leggere il libro, ad ascoltare nelle notti illuminate dalla luna e volgendo lo sguardo a Nord, un dolce canto d'amore portato dal vento... il canto di una Principessa, una Principessa bellissima, che ho visto per qualche istante e per sempre, da allora, ho amato...

A.D. MLXI

TUTTO EBBE INIZIO...

Vi fu un tempo in cui gli scoiattoli, saltellando da un ramo all'altro e da un albero all'altro, potevano giungere dal Grande Lago sino alla Montagna.

In quel tempo, era mia abitudine recarmi, di quando in quando, verso Nord, percorrendo alcuni sentieri tortuosi che passavano vicino all'antico Cerchio di Pietre, per arrivare alla grande Foresta.

L'aria era densa di un forte profumo di erbe e di resina dei pini, quando sentii un leggero sciabordio e alcune grosse rane mi attraversarono la strada.

Fu allora che, seguendole con lo sguardo, trovai ciò che cercavo da lungo tempo: le tracce di piedi piccoli e leggeri vicino ad uno stagno fangoso. Le orme erano fresche nella terra umida, il passo era agile e conduceva verso un laghetto.

Le seguii percorrendo il minuscolo stagno vicino alla riva, facendo attenzione a tutti gli astuti stratagemmi che avevano lo scopo di far perdere l'orientamento ad un eventuale inseguitore.

Il giorno stava per finire quando giunsi al ruscello che, scendendo dai colli, andava a tuffarsi nel laghetto. Qualche uccello solitario volava sulla valle e il sole rosso s'immergeva nelle ombre a occidente. La luce del tramonto colorava con strisce rosse e rosa il cielo, mentre a oriente era sempre più blu e nero.

Accovacciato vicino ad una piccola e stretta insenatura del ruscello che riforniva il laghetto, lo vidi: era intento a osservare lenti pesci nuotare pigri, sotto la superficie increspata dell'acqua.

Il Piccolo Uomo si era tolto i vestiti più pesanti per darsi una rinfrescata, circondato da alcune rane che gracidavano accanto a chiassose anatre.

Sapevo che sarebbe fuggito appena si fosse accorto della mia presenza. Avevo sentito molti racconti su quei Piccoli Uomini. Si diceva che avessero strani poteri. Mi incuriosiva davvero poter parlare, almeno una volta, con uno di loro.

Nei villaggi delle Terre del Nord, si narrava che ascoltavano volentieri le belle canzoni e si divertivano a ballare nelle notti illuminate dalla luna. Per questo, avevo portato con me il mio strumento.

Avevo pensato che, se ne avessi incontrato uno, avrei avuto almeno una possibilità di non farlo scappare. Questo mi aveva detto il mio vecchio Maestro Galvan: "I Piccoli Uomini amano la buona musica e le canzoni che raccontano antiche storie e leggende. Se un giorno, tu avessi la fortuna e il privilegio di incontrarne uno... canta!"

Ma, ora che era così vicino, ero preso dal timore di spaventarlo e di perdere questa unica e incredibile occasione.

Il Piccolo Uomo aveva immerso i suoi piedi nell'acqua fresca del ruscello e sembrava tranquillo.

Ero preso dal dubbio, ma pensai: "Devo farlo adesso! Devo cantare! Solo in questo modo non fuggirà via e, magari, potrò parlare con lui!"

La quiete della notte che si avvicinava, fu rotta dal suono delle note del mio liuto. Un riccio bianco mi guardò, sorpreso, da sopra un sasso.

Mentre suonavo, sentivo che mi mancava il fiato e mi sembrava di soffocare.

Poi, raccolsi tutto il mio coraggio e iniziai a cantare un antico canto sacro di un popolo venuto da un mare lontano: era intenso e struggente.

Le parole raccontavano di un viaggio in terre sconosciute. Una strofa parlava di montagne di ghiaccio che finivano nei mari freddi del Nord del Mondo. Montagne altissime, che si spostavano galleggiando nel mare. Non avevo mai capito cosa volesse dire, ma erano versi intensi e appassionati.

Ero stupito che il Piccolo Uomo non fosse ancora scomparso: sembrava solo un po' perplesso, ma era ancora là!

Chi mi aveva sentito cantare diceva che avevo la voce particolare dei Bardi, antichi poeti e cantori venuti da terre lontane; a me bastava sapere che il mio vecchio cane non si rifugiava sotto il letto, per non ascoltare le mie canzoni.

Avevo imparato tutto quello che sapevo di musica dal mio saggio Maestro Galvan: anche lui portava la veste celeste dei Bardi e teneva spesso un'arpa appesa ad una spalla. Quando parlava, la sua voce sembrava il suono rombante di un tuono.

Il Piccolo Uomo inclinò più volte la testa tendendo l'orecchio e si voltò, senza timore, dalla mia parte. Mi sentii rassicurato, e così continuai a cantare con un po' più di sicurezza.

Ora, le parole uscivano limpide e chiare senza timore, e riempivano l'aria intorno al piccolo lago. Una piccola ranocchia, immobile, mi guardò con i suoi grandi occhi.

All'improvviso, il Piccolo Uomo si alzò, raccolse i suoi stivali, sistemò il suo cappello appuntito, riavvolse il mantello grigio intorno alle spalle e si diresse sicuro verso di me.

Ero veramente ancora incredulo, ma riuscii a continuare a suonare e cantai un'altra strofa.

Si fermò a due passi da me e sorrise, come se mi conoscesse da tempo. Aveva un'aria un po' sorpre-

sa, ma posso giurare che, dall'espressione luminosa del viso, mi sembrava contento.

Là per là non compresi perché fosse così felice, ma lo capii in seguito. Lui, ovviamente, già sapeva mentre io, invece, ero ancora all'oscuro di tutto.

"Ti aspettavo!" mi disse.

Smisi di suonare immediatamente. Mi sembrò di aver capito male.

"Ti aspettavo!" ripeté.

Lo guardai con gli occhi completamente spalancati, senza fiatare: ero sbalordito!

"Come faceva ad aspettarmi?" pensai, "Io non sapevo ancora che lo avrei incontrato, qui!"

"Anzi, non sapevo neanche che lo avrei mai potuto incontrare!"

"Il mio nome è Owen!" disse "È tanto tempo che aspetto il tuo arrivo!" aggiunse il Piccolo Uomo. "Tu sei Neil! Addirittura, ero venuto a cercarti molti anni fa ma non eri ancora nato! Sono ritornato quando eri piccolo e il vecchio Maestro Galvan non ti aveva ancora incontrato!" concluse con un largo sorriso.

Poi, continuò: "Ma sono contento perché sei finalmente arrivato. Molte persone aspettavano la tua venuta!" e ripeté: "Sì, molte persone!"

Non so se, durante quelle parole, il mio cuore si fosse fermato o avesse continuato a battere!

So che, probabilmente, avevo trattenuto il fiato, perché cominciai a tossire prima di riuscire a respirare di nuovo.

"Come sai il mio nome? E dimmi: molte persone mi aspettavano?" domandai, "Ma chi sono queste persone? Io non capisco!"

"Sì!" confermò Owen, il Piccolo Uomo, "Ti aspettavamo! Da tempo! Ma, forse, è meglio cominciare dall'inizio a spiegarti come stanno le cose."

Si rimise i suoi stivali e disse: "Seguimi Neil, e saprai ogni cosa!"

Si voltò senza aggiungere altro e si incamminò, con passo veloce, verso la foresta.

Mi alzai in tutta fretta, riposi il liuto in una grossa bisaccia, me la misi a tracolla e lo seguii.

Camminammo, per un lungo tratto, senza parlare, mentre mille domande si accavallavano turbinose nella mia mente.

Tutt'intorno sentivo i suoni misteriosi della foresta, oltre al frusciare dei miei stivali nell'erba.

Non riuscivo a capire come facesse il Piccolo Uomo a non fare alcun rumore mentre camminava.

Cercavo di mettere i piedi dove era passato lui, ma ogni sforzo era vano: si sentiva solo il mio procedere sul sentiero.

Ci fermammo in una radura circondata da cespugli di more e lamponi e Owen si sedette su un grande sasso che assomigliava ad un grosso orso sdraiato.

"Siedi qui, vicino a me e riposa!" disse il Piccolo Uomo accennando un leggero sorriso.

Mentre mi sedevo accanto a lui su quello strano sasso, mi passò una borraccia con acqua fresca per dissetarmi e, dalle tasche del suo ampio mantello, tirò fuori un'appetitosa fetta di focaccia dolce ripiena di mele cotte e ricoperta con un sottile strato di miele, che era avvolta in un pezzo di stoffa.

La divise e mi porse la parte più grossa.

"Penso ti piacerà!" affermò sorridendo.

"Grazie!" risposi e non aggiunsi altro.

Il profumo era invitante e mi ricordava i dolci gustosi e prelibati che faceva mia nonna con le sue ricette segrete. Con tutto quel camminare, mi era venuta fame e quella appetitosa fetta profumata, sembrava proprio squisita; così, chiusi gli occhi, feci un grande respiro e cominciai a mangiare!

Sentii un leggero rumore e riaprii gli occhi: un grosso riccio stava rosicchiando un pezzo di mela cotta dalla mano del Piccolo Uomo.

Sorrisi e Owen mi chiese: "Conosci la Leggenda della Principessa della Montagna?"

"No, non la conosco!" gli risposi e aggiunsi: "Raccontamela, per favore! Mi piace ascoltare le antiche storie! Mi piacciono davvero, molto."

"Ci sarà il tempo per raccontartela, ma non adesso!" rispose. "Ora finisci di mangiare!"

Annuii con un lieve gesto del capo e continuai a godermi quella dolce e squisita delizia.

Poi, dopo l'ultimo pezzettino, mi voltai per un secondo e, senza farmi vedere, mi leccai le dita.

Finito di rifocillarsi, il Piccolo Uomo si spazzolò con la mano alcune briciole che gli erano cadute sui pantaloni e si alzò.

"È tempo di andare!" disse, si voltò e, senza aggiungere altro, riprese il cammino lungo il sentiero.

Ero proprio stanco, ma non avevo certamente voglia di perdermi in quella foresta sconosciuta.

"Arrivo! Arrivo! Aspettami!" esclamai.

Nel tempo di un respiro, presi il mio liuto, lo misi di nuovo nella bisaccia sulle spalle e mi affrettai a seguirlo cercando di non inciampare sulle radici che affioravano dal terreno.

La luna era spuntata e rischiarava il sentiero, con i raggi luminosi che giocavano a nascondino tra le fronde degli alberi.

IL POPOLO
DEI PICCOLI UOMINI

Dopo un continuo salire e scendere per dolci collinette avvolte da un manto di erba fresca e odorosa, entrammo in un bosco e ci fermammo sotto una grande quercia ricoperta di muschio; con i suoi fitti rami pieni di foglie larghe, faceva ombra ai raggi della luna ad una grande pietra dalle forme strane.

Sentivo un lieve gorgogliare dell'acqua di un torrente vicino, mentre arrivava, da lontano, l'eco di una grande cascata. Era un posto magico e misterioso.

Owen si sedette sul grosso masso sotto la vecchia quercia e disse: "Siedi vicino a me. Ora saprai come stanno le cose."

Ero talmente sfinito, che non me lo feci ripetere due volte. Dalla tasca della giacca, il Piccolo Uomo estrasse un minuscolo flauto e iniziò a suonare.

Un barbagianni, appollaiato su un ramo, lo guardò. Poco dopo, da lontano, arrivò il suono di un altro flauto. Poi, da tutte le direzioni, corni, flauti, cornamuse e altri strumenti cominciarono a rispondere.

Ero sbalordito!

All'improvviso, dal folto bosco iniziarono ad arrivare, uno dopo l'altro, i Piccoli Uomini.

Non sapevo potessero essere così tanti, e mai avrei pensato di poterli incontrare tutti insieme.

Avevano uno sguardo socievole, con occhi grandi e sinceri. Salutavano Owen con leggere pacche sulle spalle e chi suonava, con un cenno del viso.

La musica allegra e spensierata ricordava i

giorni di festa. Uno di loro raccolse alcuni rami asciutti e preparò un fuoco, vicino alla grande pietra. Quando le fiamme cominciarono a far sentire il loro calore, mise alcune castagne su un sasso rovente e un profumo intenso e fragrante si spanse nell'aria.

Poi, tornò a sedersi su un tronco d'albero cavo, accanto ad un riccio che lo guardava curioso.

Alcuni Piccoli Uomini con una barba molto lunga e arrotolata si sedettero in cerchio vicino a noi, continuando a suonare o a mangiare le castagne.

Un paio di scoiattoli si avvicinarono a Owen mentre il barbagianni continuava a guardare, con aria un po' distaccata, tutto quel chiassoso festare.

Quando Owen smise di soffiare nel suo flauto e lo ripose nella tasca della giacca, anche gli altri lo imitarono. Gli animali del bosco che si erano radunati per ascoltare, si dileguarono in fretta nelle loro tane e tutto tacque.

Oltre al crepitare delle fiamme e al frusciare del vento sulle foglie degli alberi, udii un uccello lontano lanciare qualche misterioso segnale.

Sono certo che i Piccoli Uomini si stessero salutando, perché vedevo mutare i loro sguardi come quando si rivolge la parola a qualcuno, o quando si ascolta qualcuno che ci parla.

Avevo sentito dire che potevano parlare con la mente, ma non avevo mai creduto a quelle vecchie storie, sino a quel momento.

Ad un certo punto, quello che sembrava il più anziano, accarezzandosi la lunga barba bianca, alzò una mano e disse: "Ti saluto Neil, a nome di tutti noi. Io sono Finnian. Ti do il benvenuto!"

E continuò: "Da tempo attendiamo il tuo arrivo e siamo felici che tu sia finalmente con noi. Ancora molta strada ti aspetta e il cammino sarà difficile

e tortuoso. Dovrai ascoltare e comprendere molte cose e, quando lascerai queste terre, andrai incontro al tuo destino. Così è scritto! Che tu sia il benvenuto tra la nostra gente!"

"Grazie! Grazie a tutti!" riuscii a rispondere con la voce un po' strozzata dall'emozione, mentre stavo cercando di capire quale tortuoso cammino già scritto mi stava attendendo. Era come essere caduto in un pozzo buio e senza fondo. Tutti sapevano molte più cose su di me, di quante ne sapessi io!

Owen prese la parola.

"Ho incontrato questo giovane uomo," disse, "vicino al piccolo laghetto, come dicevano le antiche scritture e ha il dono del canto. Ha l'animo gentile e la sua voce è davvero speciale e, come sappiamo, è un giovane molto coraggioso." Si fermò un attimo e riprese: "O meglio, lo sarà!"

Guardandomi con uno sguardo fermo, continuò: "Neil, la storia del tuo futuro è stata scritta tanto tempo fa e la tua venuta cambierà la vita di tante persone. Per molto tempo abbiamo aspettato questo giorno e ora, finalmente, è arrivato!"

Lasciò che le parole risuonassero qualche attimo nell'aria e aggiunse: "Ora ti racconterò una storia, una storia che ebbe inizio quando nelle Terre del Nord, si potevano ancora sentire cantare gli uccelli e i bambini correvano nei prati e giocavano felici. In quel tempo regnava la gioia, e la magia della musica avvolgeva ogni momento della giornata."

"Nelle Terre del Nord viveva un Re saggio e buono. Il Re aveva una moglie: una donna molto bella che amava cantare. Il Regno era in armonia e tutti erano felici di ascoltare la bella voce della Regina. Il Re e la Regina avevano una figlia, Eileen. Anche la piccola Principessa Eileen aveva una voce incantevo-

le e, qualche volta durante le feste, era meraviglioso ascoltarle cantare insieme! Erano voci melodiose e tutti rimanevano incantati."

Per un attimo, Owen fu attratto dal crepitio di alcune intense fiammate che sembrarono artigli infuocati, sospirò e riprese a raccontare.

"Ma, quando Eileen era ancora bambina, arrivò un inverno terribile, molto, molto freddo e lungo. Quell'anno le tempeste di neve e di ghiaccio furono assai più violente del solito.

La Regina si ammalò e rischiò di perdere la vita. I migliori medici del Regno provarono a curarla, ma lei era presa da una morsa che non la lasciava quasi respirare, e la sua gola bruciava come braci ardenti. Dentro il suo petto si sentiva il suono del gorgoglio dell'acqua, un mormorio sommesso di un ruscello che scorre sussultando tra i sassi. Aveva spesso la febbre molto alta e i medici non sapevano come curarla. Ma era una donna forte, e così riuscì a superare le più atroci sofferenze."

Owen lasciò vibrare quelle parole nell'aria. "Anche quel terribile inverno, come tutte le cose, passò e ormai guarita, la Regina riprovò a cantare ma... la sua bella voce era scomparsa! Provava, riprovava e riprovava ancora, ma la voce melodiosa di un tempo, non c'era più! Uscivano dalla sua bocca solo suoni striduli e sgraziati. Molto aveva pianto lacrime di profonda tristezza, e a nulla erano servite le parole di consolazione di suo marito, il Re. Lei non avrebbe più cantato come prima!"

Owen fece una breve pausa, mentre i Piccoli Uomini lo ascoltavano con grande attenzione.

"Così, diventò molto triste e, man mano che passavano le stagioni, divenne sempre più solitaria, acida e cattiva." disse Owen e poi riprese il racconto.

"La bella Eileen, intanto, cresceva e la sua voce riempiva di gioia il Palazzo ed il Regno. Ma ogni volta che la Principessa cantava, la Regina ribolliva di invidia e rancore. Non ce la faceva più ad ascoltare quella voce dolce e melodiosa, quando la sua era diventata il suono stridulo di una cornacchia e, per non sentirla gorgheggiare, si rinchiudeva piena d'ira nelle sue stanze, nel più totale silenzio!"

Owen guardò per un istante il fuoco che crepitava e continuò: "Passarono alcuni anni e la Principessa Eileen era diventata bellissima, era gentile e tutti l'amavano. La sua voce meravigliosa poteva entrare nel cuore e, come per magia, far volare alti nel cielo ad accarezzare la luna. Poteva far innamorare, e faceva sognare i grandi e i bambini.

Nel Regno tutti erano felici di ascoltarla cantare. Tutti tranne una: la Regina!

Non sopportava più di sentire la voce di Eileen: si tappava le orecchie con le mani e chiudeva le porte, sbattendole talmente forte per la rabbia, da far tremare i muri. Ma la voce della Principessa attraversava le pareti e volava nel vento.

Nei rari momenti in cui riusciva a placare le sue ire, la Regina ricordava con amara nostalgia, quando era lei che riempiva con il suo canto, le stanze del Castello. Era ammirata e applaudita da tutti e le piaceva moltissimo ricevere complimenti e lodi da ogni parte del Regno.

Ma ora, non più! E con il tempo, la gelosia per Eileen continuò a crescere dentro di lei come un'erba velenosa e maligna. Giorno dopo giorno, divenne più perfida e malvagia e il suo cuore diventò freddo e duro come il ghiaccio.

Ormai, era chiamata la Regina di Ghiaccio!

Nel frattempo, ignara di tutto, la bella Principessa Eileen cantava canzoni meravigliose che risuonavano nelle Terre del Regno, sino alle montagne.

La gelosia e l'invidia della Regina crebbero a tal punto che, per non sentirla più cantare, abbandonò il Castello del Re per rinchiudersi in una altissima Torre sulla Grande Montagna.

Le pietre chiare con cui era stata costruita, levigate dal vento e dalle piogge, riflettevano i raggi della luna e davano l'idea che la Torre fosse interamente di ghiaccio. Per accedervi c'era una grotta, il cui ingresso era segreto e sconosciuto.

Alcune antiche leggende del luogo dicevano che la Torre fosse stata eretta dagli spiriti maligni delle Terre del Nord, in mezzo alle nebbie, in una sola notte di luna piena.

La Regina di Ghiaccio cominciò a dedicarsi alle arti magiche, e il suo spirito venne conquistato dalle forze oscure delle tenebre.

E si trasformò: non era più la madre di Eileen, ma un essere malvagio che provava un enorme e spietato piacere nel vedere gli altri soffrire.

Sotto la Torre, nelle grotte profonde e buie dove viveva, tormentata dal rancore, preparava filtri e pozioni dai colori sinistri per diffondere il male.

Fu così che tremende epidemie sconvolsero il popolo del Regno, portando orribili tormenti e pianti nelle case e nei villaggi.

"Anche loro devono soffrire come ho sofferto io!" pensava crudelmente mentre, con un sogghigno sinistro, metteva a punto le sue pozioni malefiche.

Per porre fine ai suoi terribili malefici, alcuni uomini coraggiosi del Regno andarono a cercare sui monti, tra le nebbie e i dirupi, il suo rifugio per distruggerlo. Ma, nessuno era mai tornato per raccontare dove fosse l'accesso segreto all'altissima Torre di

Ghiaccio, e le atroci pene e sofferenze continuarono ad affliggere, tristemente, le Terre del Regno.

Nel frattempo, la Principessa Eileen che aveva un cuore buono e generoso, si recava spesso nei villaggi vicini e lontani per portare un po' di aiuto e qualche dono. Era frequente sentirla cantare nelle case, con voce dolce e melodiosa, per regalare un po' di gioia e conforto, a grandi e bambini.

Solo il canto appassionato della Principessa Eileen riusciva ormai a ostacolare il potere della malvagia Regina di Ghiaccio.

E, mentre la crudeltà della perfida Regina diventava ogni giorno più grande, le Terre del Nord divennero sempre più buie e tristi.

Gli uccelli cercarono rifugio in altre valli, gli scoiattoli si rifugiarono nei boschi lontani oltre la Grande Cascata e i cervi si ammalarono di mali sconosciuti. Il vento, che una volta giocava con le fronde degli alberi, portava ormai solo un triste canto."

Owen lasciò risuonare quelle parole per qualche istante. Gli brillarono gli occhi mentre, nel tempo di un respiro, guardò danzare le fiamme del fuoco che ardeva in mezzo al cerchio dei Piccoli Uomini. Tutti lo ascoltavano, annuendo, con lievi cenni del capo e senza fiatare.

"La Regina di Ghiaccio, che aveva acquisito grandi poteri, in cuor suo ben sapeva che solo una forza prodigiosa avrebbe potuto sconfiggere le sue potenti pozioni e distruggerla: la Musica!"

"Per poter avere definitivamente il potere assoluto, cominciò a preparare un piano malvagio e crudele: un piano per non dover più ascoltare la voce della Principessa Eileen."

Owen si interruppe e poi, con voce lenta e grave, riprese a raccontare. "In una notte fredda e

buia, la Regina di Ghiaccio parlò alla Principessa in sogno. Con una voce stridula da far rabbrividire, le disse: "O cara figlia, tu sei bella e dolce, hai lunghi capelli e occhi che riflettono il cielo. Le tue vesti sono eleganti e preziose. La vita ti sorride. Nel Regno, invece, molte persone stanno soffrendo e molti bambini moriranno! Ma tu puoi salvarli. Solo tu puoi aiutarli e riportare la luce dove ora c'è il buio. In cambio della loro salvezza, dovrai venire alla Torre sulla Montagna dove rimarrai in silenzio, per sempre! In cambio, non ci saranno più malattie e sofferenze per il popolo del Regno. Pensaci, pensaci bene! Se accetti, lascia una rosa nera sulla finestra. Manderò un messaggero, domani all'alba!"

La Principessa Eileen si svegliò di colpo, pensando di avere avuto un incubo. Spaventata, accese un lume con le braci che ancora ardevano nel camino. "È stato solo un brutto sogno!" esclamò.

"Solo un bruttissimo sogno!" ripeté.

All'improvviso, vide qualche cosa muoversi per terra, prese il lume e si chinò per vedere meglio. Era una rosa! Una rosa nera con un serpente scuro e squamoso, attorcigliato.

Lanciò un grido! "Come fa ad essere qui? Come è finita nella mia stanza?" gridò spaventata!

Mentre Eileen faceva un salto indietro, il serpente cominciò a strisciare verso di lei.

Nel frattempo, sentite le grida impaurite della Principessa, erano arrivati nella sua stanza i servitori e suo padre, il Re.

"Padre, guardate! Là! Un serpente! E c'è anche una rosa, la rosa nera!" gridò Eileen sbigottita.

I servitori uccisero l'orribile serpente con un bastone e, come d'incanto, lo videro scomparire in una nuvola di fumo scuro. Tutti rimasero impietriti!

Il Re, allora, raccolse la rosa nera e la guardò con aria triste. Sapeva cosa voleva dire: conosceva il simbolo della Regina di Ghiaccio.

"Padre," sussurrò la Principessa Eileen, "allora non è stato solo un sogno ma, allora... allora è tutto vero!" e scoppiò a piangere.

In un istante, capì quale sarebbe stato il suo destino: avrebbe dovuto abbandonare la casa dove era nata, andare dalla terribile madre e rimanere per sempre in silenzio. La sua voce in cambio della salvezza del Regno. Sapeva di essere nata per questo!

Triste ma decisa, Eileen prese la rosa nera dalla mano del Re, si avvicinò alla finestra, la aprì ed esclamò: "Farò quel che devo, padre. Devo farlo! Per il Regno e per la gente innocente. Basta sofferenze! Così ho deciso!" e lasciò la rosa nera sul davanzale e si voltò verso il Re che la guardava sconsolato.

Affranto, il Re annuì! Conosceva bene le antiche scritture e sapeva da tanto tempo, quello che sarebbe accaduto: per avverarsi, l'antica profezia avrebbe chiesto non solo il sacrificio della figlia, ma anche il suo. Era il prezzo da pagare per liberare, per sempre, il Regno dai terribili malefici. Si avvicinò alla figlia e l'abbracciò dolcemente mentre, in cuor suo, piangeva.

Allo spuntar del giorno, un triste raggio di sole entrò nella stanza e, mentre tutti erano indaffarati con i preparativi per il viaggio, Eileen vide apparire sulla finestra un minaccioso corvo nero con un enorme becco, che prese la rosa nera e scomparve velocemente all'orizzonte.

E così, preparati i cavalli, il vecchio Re e la Principessa Eileen partirono per raggiungere la Torre della Regina, sulle montagne coperte di neve.

Dopo la campagna e le morbide colline, attraversarono alte torri di roccia erose dal forte vento e alture inghiottite dalle nebbie, lungo sentieri che costeggiavano pericolosamente i dirupi.

Il fragore assordante dei tuoni che rimbombavano intorno, era cosi forte da togliere il fiato.

Raggiunsero, finalmente, le montagne con le vette innevate quando ormai il sole stava iniziando a calare e il vento entrava gelido nei loro mantelli.

Eileen sentiva il suo cuore come se fosse accarezzato da una mano di pietra che le toglieva il respiro, ma non esitò un solo istante e seguì suo padre che procedeva affranto, verso il triste destino.

Arrivati ad uno spuntone roccioso, mentre la nebbia si diradava, videro un'ombra scura e minacciosa sopra di loro. In alto, un grande corvo nero roteò un paio di volte, per indicare loro la strada.

Per proseguire dovettero lasciare i cavalli e inoltrarsi faticosamente a piedi, seguendo un sentiero nascosto che procedeva lungo una parete scoscesa che dava su uno spaventoso precipizio.

Dopo aver superato un tratto pericoloso del sentiero, dove sporgenti artigli di roccia tagliavano come spade, all'improvviso intravvidero un'ombra minacciosa e si fermarono.

Era la Regina di Ghiaccio che, nascosta dal mantello che le copriva il volto, stringeva in una mano una rosa nera. La sua voce acuta e pungente risuonò come una lama affilata.

"Benvenuti nelle mie montagne!" esclamò sogghignando acida: "Hai fatto la scelta giusta, bella Principessa. Seguitemi!" e si voltò.

Mentre le parole si disperdevano nel sibilo del vento che soffiava gelido, Eileen e il Re la seguirono nella notte che ormai scendeva sulle vette.

Ad un certo punto, Eileen alzò lo sguardo e si fermò: davanti a lei, una scala di gradini scavati nella

fredda roccia saliva a perdita d'occhio.
"È il passaggio segreto! Il passaggio segreto per arrivare alla Torre!" esclamò.
"Nessuno ha mai trovato questo passaggio che porta alla Torre di Ghiaccio!" strillò la Regina di Ghiaccio e, con un sorriso maligno, aggiunse: "O, quantomeno, nessuno ha mai avuto occasione di poter tornare a raccontare dove fosse!"
Rise sguaiatamente e in un modo talmente crudele, che fece gelare il sangue.
Salirono i gradini scivolosi, mentre il vento ululava come un lupo solitario e il buio della notte non faceva più vedere cosa ci fosse intorno.
In cima, Eileen vide una grotta illuminata da alcune torce appese alle pareti di roccia.
All'ingresso, scolpita in rilievo nella pietra nera, una rosa: il simbolo della Regina!
La Regina di Ghiaccio entrò e Eileen e il Re la seguirono, mentre le ombre delle torce accese si muovevano sinistre intorno a loro. Strani rumori risuonavano lontani: era un luogo lugubre e tetro.
All'improvviso, la grotta si allargò e apparve un'ampia volta ancor più illuminata. Al centro, c'era un trono di pietra vicino ad un braciere acceso e un corvo enorme e nero con gli occhi infuocati, stava appollaiato su un ceppo a forma di testa di capra.
La Regina di Ghiaccio si sedette sul trono e, togliendosi il mantello, guardò Eileen dritta negli occhi e disse: "Con questa rosa nera hai deciso di rinunciare alla tua voce e di rimanere per sempre in silenzio, in cambio della salvezza della tua gente e del Regno!"
E, con un sorriso malefico, aggiunse: "Sei generosa Eileen! Ma anche io so essere generosa!"
Guardò il Re con aria crudele e continuò: "La

Principessa Eileen potrà tornare libera, solo se qualcuno troverà la strada per arrivare qui e risponderà a
tre enigmi. Solo allora, lei potrà essere libera! Ma, se
questo incauto sbaglierà, pagherà con la morte!" e rise con un sogghigno agghiacciante.

La Regina si alzò dal trono e con il gesto minaccioso di una mano, indicò Eileen e formulò il suo
maleficio pronunciando alcune parole misteriose.

Il Re riuscì a sentire solo: "Vocem silentium
perpetuum!" "*La tua voce, in silenzio, per sempre!*"

Mille minuscole fiammelle luminose uscirono
dalla bocca della Principessa e si unirono, come in
una coda scintillante di una stella cometa, per andare
a rinchiudersi dentro un piccolo scrigno di legno nero che la Regina teneva nell'altra mano.

Lo scrigno si chiuse e lei, perfida, esclamò:
"Adesso la tua voce è qui, e ci rimarrà per sempre!
Solo se qualcuno risolverà i tre enigmi, lo scrigno po-
trà aprirsi di nuovo!"

Indicò il Re con la mano minacciosa e urlò:
"Tu, vecchio Re e marito, hai voluto accompagnare
sin qui la tua dolce figlia, ma la tua vita per me non
ha nessuna importanza. Nessuna!"

Le parole risuonarono tetre nella caverna e,
con un sorriso gelido, ordinò: "Ora, vecchio Re, vattene! Potrai riprendere il cammino solo partendo
questa notte. Col buio non potrai indicare a nessuno la
strada per tornare qui, da tua figlia!" e sogghignò.

"Con le nebbie gelide si perderà! Cadrà nei
crepacci e morirà nel freddo!" avrebbe voluto gridare la
povera Eileen, ma non riuscì a pronunciare nessun
suono! Pertanto, ribelle e fiera, si avvicinò al padre e gli
si mise davanti per proteggerlo, come uno scudo.

"Potrà partire solo col buio!" inveì rabbiosa la
Regina, fulminandola con lo sguardo. "Così ho stabi-

lito, e così sarà!" sbraitò gelida. "Ora, vattene!"
Il vecchio Re ben sapeva che anche il suo sacrificio faceva parte del triste disegno che il destino gli aveva riservato e, per amore del Regno, lo assecondò. Abbracciò la figlia con grande tenerezza e si voltò. Con nobiltà e coraggio, scese i gradini di roccia e riprese il cammino seguendo il sentiero scivoloso a picco sullo strapiombo, mentre la notte avvolgeva ogni cosa come un mantello scuro e ostile. Allo spuntar del giorno, al Castello videro arrivare il cavallo del Re. Era solo!

Attaccata con una cordicella alla sella, trovarono una pergamena un po' bagnata dalla pioggia e dalla neve, con la scrittura del Re: "La Principessa Eileen potrà tornare libera se un uomo coraggioso troverà la strada per la Torre di Ghiaccio e risponderà a tre enigmi. Se sbaglierà, pagherà con la vita e morirà!" Il resto era inzuppato d'acqua e illeggibile.

Alcuni uomini di buon cuore andarono a cercare il vecchio Re lungo i sentieri, sulle montagne e negli strapiombi, ma non trovarono alcuna traccia di lui e nessuno lo rivide più.

Intanto, la Principessa Eileen, in cambio della salvezza degli abitanti del Regno, viveva in una altissima torre fredda e triste e passava i suoi giorni in un sonno profondo, in un mondo vuoto d'amore e di speranza. Le mancava, terribilmente, la magia della musica e senza la gioia del canto, nel cuore, le si era spento il fuoco della vita… e la Regina, malefica, ne gioiva.

Nelle Terre del Nord, da quando era partita, la chiamarono la Principessa della Montagna e nessuno udì più il suono melodioso della sua voce.

Nel frattempo, la perfida e crudele Regina di Ghiaccio, non contenta del generoso sacrificio della

Principessa, invece di rispettare il patto, continuò a seminare tristezza e sofferenza in tutto il Regno.

Ingorda, con le sue pozioni e suoi terribili incantesimi, iniziò a imprigionare i suoni dei boschi e delle Terre del Regno dentro angusti scrigni neri.

Tutto cadde nel più profondo e triste silenzio: nelle case e nelle campagne nessun canto colorò più le giornate all'aria aperta e le sere intorno al focolare.

Non si sentirono più le grida festose dei bimbi, il sole nasceva infelice senza il canto d'amore dei pettirossi, i cervi smisero far risuonare il loro richiamo e la terra divenne sempre più arida e brulla.

Le Terre del Nord divennero così, le tristi Terre del Silenzio.

Stremati da quella situazione, alcuni uomini saggi andarono nel Castello a cercare una soluzione nelle antiche carte e nei vecchi libri, dove il loro buon Re aveva appreso la Conoscenza.

Nella grande biblioteca trovarono cartigli, libri e molte pergamene ma, ahimè, tutto era scritto in lingue misteriose e sconosciute. Così, decisero di portarle nel bosco, al popolo dei Piccoli Uomini che conoscevano le scritture più oscure e indecifrabili.

Cercarono e ricercarono sino a che, tra le pagine ingiallite di un piccolo libro, fu trovato scritto un testo un po' consumato dal tempo: "…Un giorno, un giovane uomo venuto da lontano, dotato del magico dono del canto e con un cuore grande, troverà l'ingresso segreto della Torre e sconfiggerà la crudele Regina di Ghiaccio… La Principessa e il Regno sar…no final…te lib… dal malef..o sortile..o…"

Non si riusciva a leggere anche l'ultima pagina perché era rovinata, sembrava bruciacchiata e nessuno riuscì a capire che cosa e come sarebbe successo. Solo alcune parole delle ultime righe erano leggibili sulla

carta ingiallita e la fine del testo riportava questa enigmatica frase: "Le Terre del Nord riprenderanno a vivere e.... .... anche se lacrime di gioia e tristezza, si uniranno per sempre."

Owen tacque per qualche istante e aggiunse: "Giovane Neil, ora sai come stanno le cose. Sei libero di scegliere tra due strade: andare a liberare la Principessa e il Regno dai terribili incantesimi della crudele Regina di Ghiaccio, oppure tornare indietro sui tuoi passi e dimenticare tutta questa storia. La prima è rischiosa, piena di pericoli e, se non troverai le risposte giuste, morirai! L'altra è più facile e senza rischi. A te la scelta!"

Mi guardò intensamente e tacque. Intorno a me, nessuno si mosse.

Guardai il fuoco che scoppiettava per qualche istante, presi un bel respiro e dissi: "Per me esiste solo una strada: la Principessa Eileen e il Regno devono essere liberati dai malefici della Regina!"

"Io sono solo un menestrello e non so come potrò fare, ma ci proverò! Farò tutto quello che posso! L'altra strada, non è la mia strada!" esclamai.

"Questo è parlare!" esultò Owen alzando un pugno e tutti i Piccoli Uomini in coro gridarono: "Sì! Questo è parlare! Questo è avere cuore e coraggio!"

Il saggio Finnian, accarezzando la sua lunga barba bianca, alzò una mano e disse: "Giovane Neil, il tuo cuore e il tuo coraggio sono grandi, come era scritto." fece un gran sorriso e inclinando leggermente il capo, aggiunse: " Ti chiedo di essere anche generoso e di farci un grande dono: regalaci un canto. Un bel canto che racconti il coraggio di un uomo!"

"Sarà un onore per me!" risposi timidamente con un gesto reverente. Presi il mio liuto e iniziai a suonare le note di una appassionata melodia.

E così, mentre i Piccoli Uomini fumavano le loro lunghe pipe, feci un gran respiro e con voce calda e profonda, cantai le gesta di un coraggioso giovane eroe che in un Regno lontano, aveva sfidato un terribile Drago con tre teste.

Poi, tutto tacque.

Con gli occhi pieni di commozione, i Piccoli Uomini mi stavano guardando e annuivano.

Con un gesto, il saggio Finnian riprese la parola e ad alta voce, disse: "Le antiche scritture dicevano che sarebbe arrivato un giovane dotato di un dono raro e prezioso. Tu hai quel dono. La tua voce arriva dritta al cuore ed è come una magia: emoziona i nobili di animo e può anche sconfiggere il Male. Se la userai con saggezza, come è scritto, allora si potrà compiere quanto sei destinato a compiere!"

Guardandosi intorno, continuò: "È ora di andare a dormire e lasciare che la notte aiuti il nostro giovane Neil a recuperare le energie, dopo tante emozioni. Dovrà essere forte e deve riposare!"

Guardò Owen e aggiunse: "Domani, dovrete partire prima che il sole sorga, e la strada sarà lunga e faticosa!" Owen annuì con un gesto del capo.

La notte passò in un respiro. Non mi accorsi di nulla, solo il ricordo di un sogno, una musica lontana: solo alcune note dolcissime, come fiammelle perdute in una notte buia.

Poi, poco prima dell'alba, Owen venne a svegliarmi per partire.

LA DAMA DEL BOSCO

Legati ad un albero c'erano due cavalli. Erano bellissimi: con il manto rosso chiaro, avevano la criniera bianca e luminosa e la coda alzata. Guardai Owen e dissi: "Non sono proprio un abile cavaliere, ma so rimanere ben attaccato alla sella senza cadere!"

Pensando di dover viaggiare leggeri, avevo portato con me poche cose per il viaggio riposte in un minuscolo fagotto, ma i Piccoli Uomini avevano insistito perché portassi anche il mio liuto.

"Non serviranno armi in questo viaggio!" mi rassicurò il saggio Finnian, stringendomi un braccio con la mano. "Troverai la vera forza nel tuo cuore e le risposte nella saggezza della tua Musica!"

"Per prima cosa, cercate la Dama del Bosco! Vi aiuterà!" e continuò: "Andate, ora! Buon viaggio!" e, con un lieve cenno del capo, si congedò.

Riposi rapidamente il liuto nella bisaccia incerata, lo misi a tracolla sulla schiena e seguii Owen.

Cavalcammo a lungo per un sentiero che serpeggiava sul lato est della montagna e saliva morbidamente verso la cima, prima di rituffarsi velocemente verso valle. Per tutta la mattinata, attraversammo una campagna verde e rigogliosa. Intorno, c'erano alberi di meli selvatici e ciliegi, cespugli di more, fragole, mirtilli e lamponi. Nei prati umidi e lungo gli argini erbosi dei ruscelli, crescevano i salici.

Alcune brevi spruzzate di pioggia leggera avevano rinfrescato l'aria, poi, un sole caldo era tornato a splendere. Nel cielo, le nuvole si inseguivano giocan-

do con il vento fresco, mentre avevamo continuato a procedere lungo un sentiero stretto e sassoso che saliva ripido e impervio.

Il sole era ancora alto quando arrivammo ad un piccolo bosco in cima ad una collina, con una sorgente tra le rocce da cui sgorgava un'acqua limpida e cristallina. Owen esclamò: "Ci fermiamo qui!"

Eravamo appena smontati di sella e stavamo legando i cavalli ad un albero quando, davanti a noi, in mezzo a due grossi alberi che sembravano due pilastri di un Tempio antico, apparve una donna che ci guardò con uno sguardo intenso e regale.

I suoi capelli, sciolti al vento, scintillavano luminosi ai raggi dorati del sole che penetravano tra i rami come lame infuocate. Sembrava una fata: era vestita di azzurro e d'argento, e il luccicare delle gocce della pioggia caduta sull'erba dava la sensazione che uscisse da un sogno.

"È Oona, la Dama del Bosco!" sussurrò il Piccolo Uomo, avvicinandosi un po'.

Con un suono della voce dolce e suadente, Oona esclamò: "Ben arrivati! Vi aspettavo!"

Ci inchinammo in segno di rispetto e Owen, con lo sguardo ancora abbassato, le rispose: "Grazie, potente Dama del Bosco, siamo finalmente arrivati."

Alzai il mio sguardo e la osservai: emanava una luce chiara e intensa, quasi abbagliante.

"Amici, il tempo è arrivato!" disse con un ampio gesto della mano e poi continuò: "Avete una pericolosa missione da compiere. Molti saranno gli ostacoli in agguato, nel faticoso cammino che vi aspetta, ma ho per te Neil, un dono prezioso che potrà aiutarti nella tua difficile impresa."

Tolse dal grembo una magnifica Spilla d'Oro a forma di aquila, con una grande pietra rossa incastona-

ta nel centro, dotata di una luce limpida e viva. Mentre la contemplavo incantato, un raggio di sole illuminò la Spilla d'Oro e la pietra rossa, come d'incanto, cambiò. La gemma iniziò a brillare forte e lucente, come un lago alla luce della luna in un'immensa pianura buia.

Sgranai gli occhi per la meraviglia.

"Giovane e coraggioso amico," disse Oona con un sorriso, "la Spilla mi fu consegnata molto tempo fa perché la dessi a te, quando fossi arrivato nelle nostre terre!" poi mi guardò con due occhi così intensi e profondi che dovetti abbassare lo sguardo.

"Questa gemma viene dall'Inizio del Tempo, e un antico e valoroso Re la incastonò in questo magnifico gioiello d'oro con la forma di un'aquila, messaggera degli Dei e simbolo di uno spirito puro."

Aspettò qualche secondo e riprese: "La Spilla d'Oro continuò il suo cammino sino ad arrivare a me, con la Pietra magica che ha poteri straordinari. Ma solo un cuore puro può farla pulsare!" affermò e aggiunse: "Adesso, io la consegno a te! Ecco la Spilla d'Oro a forma di aquila con la potente gemma rossa, Pietra della Culla del Mondo! Ora, è nelle tue mani. Prendila giovane Neil. Ti aiuterà!"

Fui colto da una tale meraviglia che, mentre prendevo la Spilla d'Oro e me la appuntavo sul petto con le mani che tremavano, rimasi senza parole.

Il mio cuore cominciò a battere forte come un tamburo e, per magia, la Pietra cominciò a pulsare e a brillare sul mio petto: dentro, sentii come se un grande drago infuocato si fosse risvegliato. La Spilla emanava un potere profondo e intenso.

"Cosa sta succedendo?" esclamai sorpreso!

"Sono il tuo cuore e la Pietra che pulsano all'unisono! Imparerai a conoscerla, giovane Neil!" ri-

spose Oona e aggiunse "Ora, è tempo di andare!" e continuò: "Non c'è tempo da perdere, miei coraggiosi amici. Dovete continuare il cammino. Il vostro cuore vi guiderà, e il mio pensiero accompagnerà i vostri passi. Buona fortuna!"

"Ti ringrazio, potente Oona per la tua grande generosità!" disse Owen e si inchinò.

Ero ancora completamente avvolto dallo stupore, che riuscii solo a rispondere: "Grazie, Dama del Bosco! Non so come, ma cercherò di farne buon uso!" e mi inchinai profondamente. Lei sorrise.

Tornammo ai cavalli per riprendere il cammino e iniziammo a scendere lungo lo stretto sentiero che portava verso la valle.

Il sole era da poco calato dietro le montagne che serpeggiavano lontano all'orizzonte e arrivò, piano piano, la notte che cominciò a colorare una parte del cielo di un blu scuro e denso. Le cime dei monti scomparvero alla vista, coperte da un mantello di nuvole bianche che riflettevano i raggi della luna.

Ero completamente avvolto nei miei pensieri. Il Piccolo Uomo procedeva sicuro, a pochi passi davanti a me e sentivo il suo respiro.

Man mano che scendevamo verso valle, il profumo dolce e intenso dell'erba e della terra umida riempiva l'aria.

Poi, arrivammo ad un bosco scuro, lugubre e fitto di rovi. Aveva qualcosa di orribile!

Owen, voltandosi, sussurrò a bassa voce: "Un tempo, era considerato un bosco sacro!"

"Ma, dobbiamo... proprio passare di qui?" domandai guardandolo spaventato.

Mi fissò negli occhi e rispose annuendo con un semplice sguardo.

Un brivido freddo mi corse lungo la schiena.

LA CERIMONIA NEL BOSCO

Mentre ci inoltravamo, con molta cautela, in quel bosco tetro, buio e spaventoso, percorrendo un sentiero tortuoso che sembrava dimenticato da anni, le fronde degli alberi ondeggiarono nervosamente. Dopo qualche istante, arrivò il mormorio di voci lontane. Owen alzò una mano allarmato e indicò un orecchio: era in ascolto! Ci bloccammo istantaneamente e rimanemmo completamente immobili per capire da che parte arrivasse. Sembrava una sorta di preghiera.

Lontano, nella direzione del suono, intravidi un piccolo bagliore di una luce fioca che andava e veniva con il muoversi della foresta.

Owen avvicinò un dito alla bocca e mi fece il gesto di fare silenzio. Ero incuriosito e spaventato! Scesi da cavallo, ci avvicinammo senza fare rumore, nella direzione di un lieve brusio appena percettibile: sembrava che alcune persone stessero pregando.

Ci fermammo dietro un intricato cespuglio di rami e arbusti, pieno di spine enormi che mi graffiarono come gli artigli di un gatto inferocito.

Avrei voluto urlare, ma mi morsi forte le labbra per trattenere un'esclamazione di dolore: alcune lunghe spine affilate mi erano entrate nella carne di una gamba, attraverso i vestiti.

Lontano, risuonò un lungo e spaventoso latrare di lupi affamati che si preparavano ad una notte di caccia: il branco si era radunato!

Owen mi strinse leggermente il braccio. Da-

vanti a me, nascosto dal fitto cespuglio, tra una foglia e l'altra, riuscivo a intravedere la scena: un ragazzo si contorceva vicino ad uno strano sacerdote che agitava, minaccioso, un lungo coltello affilato, e catturava tutta l'attenzione di un piccolo gruppo di umili donne e uomini dagli abiti stracciati e sporchi, probabilmente di un villaggio vicino.

Erano in ginocchio e, ipnotizzati dalla scena, tenevano le teste chine: il terrore che incuteva il vecchio sacerdote impediva loro quasi di respirare.

Due grossi bracieri di ferro arrugginito erano posti ai lati opposti dell'altare di pietra. Vampate di luce infuocate facevano muovere le ombre che si allungavano intorno, spaventose.

Il fumo denso della legna bagnata circondava l'altare, mentre si sentiva il rabbioso ringhio del vento far cigolare i rami degli alberi. Alcuni grossi tronchi deformi e contorti si arrampicavano intrecciandosi, e sembravano formare il tetto di un tempio.

Il sacerdote, vestito con una veste bianca un po' lisa e con le braccia allargate, faceva ondeggiare il lungo coltello che lanciava riflessi taglienti; la sua voce cantilenante si mescolava allo scoppiettare della legna che ardeva. Nessuno osava fiatare.

Nonostante fossimo ancora lontani, mi pareva di sentire il battere forsennato del cuore del povero fanciullo che aveva le mani legate dietro la schiena. Non singhiozzava neanche più, era esausto e troppo spaventato per ribellarsi o gridare.

Le sue lacrime erano finite.

Rimaneva in piedi, un pochino storto e si dimenava con uno strano ondeggio e con gli occhi stralunati dalla paura.

"Avviciniamoci!" sussurrò Owen con un gesto della mano. Ci muovemmo senza far rumore, na-

scosti dai cespugli, per guardare da più vicino.

Vidi che il ragazzo aveva il corpo deforme e con una delle due gambe un po' più corta e fragile dell'altra: era questo che lo faceva dondolare in quel modo strano. Anche gli occhi erano allungati e la bocca leggermente storta.

Spostava lo sguardo in modo frenetico, da un punto all'altro del bosco e continuava a cambiare il peso da una gamba all'altra, ondeggiando.

Si contorceva e si dimenava per il terrore, mentre il salmodiare folle del sacerdote si faceva sempre più ipnotico e penetrante.

"Cosa succede?" sussurrai. "Cosa vogliono fare a quel povero ragazzo? Non capisco!"

"Lo considerano un segno di sventura e un maleficio. In alcuni villaggi primitivi, nascosti nei boschi, essere diversi è una maledizione!" Owen mi sussurrò in un orecchio, e continuò: "Lo sacrificano agli Dei, per allontanare la sfortuna e la carestia!"

Rabbrividii a quel pensiero agghiacciante.

Non potevamo rimanere inermi a guardare l'assurdità di quella scena, senza fare qualcosa!

"Ma... che cosa possiamo fare per salvare il povero ragazzo da quella crudele follia?" pensai.

Strisciando in silenzio dietro ad un altro cespuglio, ci avvicinammo ancora un po' a quel folle rituale, sino a poter udire chiaramente la voce del ripugnante sacerdote.

Improvvisamente, gli occhi del ragazzo si fermarono nella mia direzione. Mi bloccai!

"Mi ha visto?" mormorai sgomento, a bassa voce. Owen fece cenno di no con la testa.

Il ragazzo spostò lo sguardo ma, dopo un attimo, i suoi occhi guardarono di nuovo nella mia direzione e attraversarono le fitte foglie del cespuglio

40

che mi nascondeva alla vista di quel gruppo di folli. Smisi di respirare! Era come se un tronco mi avesse colpito in mezzo al petto. Tutto era sospeso e sembrava fermo, mentre i miei pensieri correvano vertiginosamente.

Eravamo ormai vicinissimi e la voce del vecchio sacerdote risuonò nella foresta: "O Dei, vi offriamo questo sacrificio sull'altare di pietra secondo l'antico rito, per cancellare questo segno di sventura e di maledizione dal nostro villaggio!"

Allargò le braccia e, con gli occhi allucinati, guardò il povero ragazzo che ora si dimenava come un animale in gabbia, e continuò: "Invoco la vostra benevolenza e il vostro favore. Che questo gesto possa placare le vostre ire e allontanare gli spiriti malefici della diversità, e metta fine alla tremenda carestia che sta divorando il villaggio!"

A quelle parole, i miei pensieri si fermarono e cominciai a sentire ribollire il sangue nelle vene che iniziò a bruciare come lava infuocata.

Poi, tutto capitò all'improvviso!

Il mio cuore iniziò a battere forte, e una luce rossa intensa cominciò ad uscire dalla pietra incastonata nella Spilla d'Oro, sul mio petto.

La luce divenne accecante, si espanse e mi avvolse in una nuvola rossa e calda come il fuoco.

Ero talmente sbalordito e spaventato, che rimasi impietrito mentre la luce si ingigantiva.

Owen, sbigottito, indietreggiò leggermente allargando le braccia. Mi guardava impressionato!

Il sacerdote, che aveva interrotto la sua folle preghiera, mi guardò con la bocca spalancata e fece cadere il coltello. Tutti smisero di pregare.

Alcuni iniziarono a voltarsi per guardare quello che stava accadendo. In un attimo, tutti co-

minciarono a strillare e a scappare terrorizzati. Anche il sacerdote, prima indeciso, si voltò e cominciò a correre lontano a gambe levate.

Owen, ripresosi dallo stupore, mentre tutti fuggivano gridando in ogni direzione, si precipitò a raccogliere il coltello e tagliò, in un lampo, i lacci che imprigionavano il ragazzo e lo liberò.

Senza guardarsi indietro e senza aprire bocca, anche il ragazzo, dopo un attimo di stupore, cominciò a correre più veloce di una lepre, il più lontano possibile dal villaggio e dal sacerdote. Scomparve nella foresta senza voltarsi neanche una volta. La sua sagoma si dileguò come un'ombra nel buio.

Intorno, tranne lo scoppiettìo della legna che bruciava nei bracieri e il rumore di qualche ramo spezzato in lontananza, piombò il silenzio.

Owen mi guardò con un mezzo sorriso e la testa un po' inclinata e, ironico, disse: "Visto un po' da lontano e avvolto in quella strana luce rossa, sembri davvero un terribile Spirito del Bosco!"

"Facevi quasi paura anche a me!" e, aggrottando la fronte, aggiunse: "Ora puoi calmarti Neil, ma dobbiamo andarcene in fretta, prima che tornino!"

La luce rossa stava ormai iniziando a scomparire. Mi sentivo stanco, frastornato e stupito.

Il mio cuore aveva ripreso a battere quasi normalmente, e così tornammo ai cavalli e riprendemmo il cammino per uscire dal bosco.

In poco tempo ci allontanammo da quel luogo tetro e spaventoso. Non c'erano molti alberi o corsi d'acqua nelle vicinanze e il sentiero era ricoperto da un mantello verde, di erba bassa e morbida.

Vidi un grosso cervo lontano e un barbagianni che si preparava per la caccia, mentre un lieve sussurro di una leggera brezza soffiava da Nord.

Arrivati ancora più in basso, ci fermammo in un piccolo boschetto per riposare per la notte e, dopo aver acceso un fuoco nell'incavo delle radici di un vecchio albero spezzato, mangiammo senza parlare.

Guardai il Piccolo Uomo seduto su un grosso sasso coperto di morbido muschio e circondato da grossi funghi, accendersi la lunga pipa con una mistura di erbe secche e profumate. Mi piaceva quel profumo nell'aria, sapeva di buono.

Cercai di riordinare le idee che mi giravano nella testa senza fermarsi e poi, tutto in un fiato, chiesi a Owen: "Che cosa è successo? Cosa ho fatto? Come ho fatto?"

Il Piccolo Uomo tolse la pipa di bocca, mi guardò con un leggero sorriso e iniziò a raccontare.

"L'antica leggenda della Spilla dell'Aquila Dorata, narrava di un gioiello d'oro a forma del Messaggero degli Dei con incastonata al centro, una rara e preziosa Pietra rossa: era stata fusa all'inizio del Tempo, con il fuoco del Centro del Mondo, una Pietra dotata di poteri magici."

Aspirò una profonda pipata e, dopo essersela gustata, soddisfatto, continuò: "Si diceva che la pietra magica si risvegliava solo quando un cuore puro batteva vicino a lei. Allora, il cuore e la Pietra magica diventavano una cosa sola: erano fusi uno nell'altro e pulsavano all'unisono!"

Fece un lungo sospiro, fissò la misteriosa danza delle lunghe fiamme luminose della legna che ardeva, e aggiunse: "Solo così, l'energia della Pietra si poteva risvegliare e, per magia, si moltiplicava mille e mille volte, e la Pietra della Spilla dell'Aquila Dorata scatenava un enorme potere in grado di sconfiggere le oscure forze del Male!"

Le sue parole risuonarono nella mia mente.

Owen continuò: "Il tuo cuore ha pulsato insieme alla Pietra e il suo potere si è finalmente risvegliato! Così, hai salvato quel povero ragazzo dalla folle cerimonia!" guardò la sua pipa e, dopo qualche istante, concluse: "Nessuno di noi aveva mai visto una tale magia! Nessuno di noi!" ripeté.

Avevo ascoltato le parole del Piccolo Uomo a bocca aperta, senza fiatare e accarezzando istintivamente la preziosa Spilla che avevo sul petto.

"Non avevi mai visto la Spilla fare quello che ha fatto? Mai?" domandai.

"No, Neil. Mai! Nessuno di noi lo aveva mai visto! Ti avevo detto che ti aspettavamo da tempo!"

Owen aspirò la sua pipa guardando le stelle incandescenti che uscivano dal fuoco scoppiettante e, con un largo sorriso, mi chiese: "Potresti cantare una vecchia canzone? Aiuterà te... e anche me!"

"Adesso?" chiesi.

Mi rispose con un lieve cenno del capo.

Allora presi il mio strumento e iniziai a suonare. Si sentiva solo il crepitare della legna che bruciava e il frusciare tra le fronde di un vento leggero.

Le morbide note del liuto risuonarono tra gli alberi intorno. Iniziai a cantare una melodia malinconica, con parole che raccontavano la storia di un viaggio in terre lontane: era una ballata intrisa di nostalgia per il calore del focolare della propria casa, dell'affetto delle proprie famiglie e degli amici.

Mentre cantavo, uno scoiattolo incuriosito scese dall'albero di fronte a me, e si avvicinò così tanto da poterlo accarezzare con una mano. Un altro gli si mise accanto, vicino a due funghi gialli. Qualche uccello notturno si appollaiò su alcuni rami bassi e una volpe rimase immobile dietro un tronco, con le orecchie tese. Da un ciuffo d'erba alta, comparve un

riccio bianco. Sembrava che anche gli alberi stessero ascoltando. Non sentivo più neanche il frusciare delle foglie: come se non volessero disturbare.

Owen aveva la sua lunga pipa in mano e guardava per terra, immerso nei suoi pensieri.

Finito di cantare, sulle ultime note del liuto, sentii un senso di pace: mi sembrava di essere stato ascoltato dai faggi e che ora, il vento agitasse le piccole foglie facendole muovere in una specie di applauso.

Tutti gli animali mi guardarono e ognuno, a modo suo, fece una specie di inchino. Così, mi alzai in piedi per ricambiare il saluto.

Owen sorrise con un lieve gesto della testa, mentre gli animaletti, dopo un attimo di esitazione, si dileguarono velocemente nelle loro tane.

"Era una bella ballata!" disse annuendo.

"Grazie! Ha fatto bene anche a me, cantare!" risposi e aggiunsi: "Ne avevo bisogno!"

"Ora, dobbiamo dormire un po'. Domani entreremo nelle Terre del Nord!" disse Owen e, senza aggiungere altro, si sdraiò avvolto nel mantello e nella coperta riscaldata dal fuoco che ardeva.

Mentre guardavo la profondità misteriosa del bosco, la luna si era coricata e la notte era buia. Di nuovo regnò la quiete, interrotta dal suono di una volpe e di qualche ghiro girovago e dal fruscio del vento freddo che aveva ricominciato a soffiare.

Mi addormentai in un sonno profondo, sopra un letto morbido di **erba dolcemente profumata**. Era un giaciglio soffice e caldo, ma feci strani sogni.

LA STREGA

ra ancora quasi completamente buio, quando mi svegliai. L'aria pungente del mattino mi entrava sin dentro le ossa, facendomi rabbrividire.

Owen aveva già preparato un infuso bollente di erbe aromatiche che bevvi avidamente e mi sciolse dentro il freddo, come una cascata di lava.

"Dobbiamo andare! La strada da percorrere è ancora molto lunga!" disse il Piccolo Uomo, si riavvolse nel suo ampio mantello grigio, salì in sella e si rimise in marcia.

Perciò, raccolsi velocemente le cose e lo seguii rapidamente, senza dire una parola.

Dopo un breve tratto pianeggiante, attraversammo una fitta foresta, sino a fermarci ai piedi di un'impervia parete rocciosa che, vista da lontano, sembrava la testa di un corvo. Owen conosceva bene la strada e così, dopo averla aggirata facilmente, lo seguii cavalcando sino a raggiungere la cima di una morbida collina.

A est, le prime luci dell'alba coloravano il cielo di un arancio intenso e svelavano i contorni delle montagne lontane. I raggi del sole, tagliando le nuvole che fuggivano veloci, proiettavano lunghe lame luminose sul manto erboso illuminato dal bagliore dei riflessi argentati della rugiada.

Continuammo a cavalcare tutta la mattinata attraversando ampi prati fioriti e terre ricche di laghetti e ruscelli. Spesso l'erba era tanto alta che arrivava alle ginocchia. Sembrava di nuotare in un mare

verde. Passammo vicino a stagni e paludi, dove i giunchi ondeggiavano in una sorta di danza.

I ruscelli, gorgogliando rumorosamente, tagliavano come una spada i prati verdissimi, con l'erba accarezzata dalle fresche raffiche di vento.

Ma, lentamente, il paesaggio iniziò a cambiare: man mano che avanzavamo, diventò tetro, aspro e senza vita. Gli alberi caduti intralciavano il cammino e gli stagni erano ricolmi di acqua fangosa. Intorno, solo sassi e pietre aguzze e l'erba sempre più rada. Ogni cosa era avvolta da un cupo silenzio. Non si sentivano più cantare gli uccelli e non si udivano suoni di altri animali. Nessun rumore. Nulla!

Owen, quasi avesse letto nei miei pensieri, sussurrò: "La Regina di Ghiaccio non è ancora riuscita ad imprigionare il suono del vento, dell'acqua e del fuoco. Ma il resto..."

"È terribile qui! Non c'è vita!" esclamai.

"Un tempo, tutto era verde e rigoglioso. Ora è... completamente cambiato! rispose Owen senza neanche voltarsi, "Opera della Regina di Ghiaccio!"

Ad un certo punto, Owen si fermò, si alzò ritto sulla sella e, facendosi ombra con la mano, scrutò lontano. Soddisfatto e senza dire una parola, iniziò a seguire uno stretto sentiero che serpeggiava tra strani massi di roccia ed enormi radici nodose di alberi ormai pietrificati. Il sole cominciò a scendere.

Giunse il crepuscolo e, mentre in lontananza le prime ombre della sera cominciavano ad allungarsi, Owen fermò il cavallo. "Ci fermiamo qui!" disse.

"Finalmente!" risposi. Ero stanco.

Ovunque regnava il silenzio. Nessun segno di vita, solo il rumore del vento.

Eravamo appena scesi da cavallo quando, improvvisamente, una orribile vecchia dai capelli

bianchi come la neve e con le unghie delle mani lunghissime, apparve sul sentiero.

Feci un salto e gridai: "Owen! Guarda. Là!" La vecchia Strega sollevò la testa e rise. Gli occhi erano grandi e spaventosi, e aveva uno sguardo agghiacciante. In una mano teneva un bastone nodoso: l'alzò come una spada e mi sfidò sprezzante.

Un lampo improvviso squarciò il cielo come un enorme artiglio e un tuono terrificante frustò l'aria, facendo tremare la terra per un lungo istante.

"Torna subito indietro, giovane sciocco, o morirai! Cosa credi di fare?" sbraitò acida.

Sentii un brivido gelido percorrermi lungo la schiena, mentre la guardavo inorridito.

"Credi di poter vincere il grande potere della Regina di Ghiaccio? Ti credi abbastanza forte? Sei un povero illuso!" strillò sbeffeggiandomi con voce stridula e continuò: "Rischi di morire per una Principessa che non hai mai visto! E moriresti per salvare un Regno che non è il tuo?" sogghignò e aggiunse: "Sei proprio uno stolto e per questo, morirai!"

Stavo ancora cercando di vincere la paura, quando Owen esclamò: "Non farti intimorire, Neil! Lei prova a spaventarti, ma non ascoltarla!"

La guardai dritta negli occhi e dalla mia bocca uscirono parole, talmente dure, che non so come trovai il coraggio di pronunciarle in quel modo: "Sono qui perché me lo detta il cuore! Fatti da parte e lasciaci continuare il nostro cammino!" esclamai, con uno suono così profondo, che sbalordii anche Owen.

L'orribile e perfida Strega si irrigidì stupita, rise con un ghigno beffardo ed esclamò: "Il cucciolo ringhia come un lupo, adesso!" e aggiunse: "Se credi di farcela, menestrello, beh, prova a passare allora, ma non tornerete indietro per poterlo raccontare!"

48

Mi indicò minacciosa con le sue dita nodose. Aveva uno sguardo crudele e gli occhi penetranti come raggi infuocati. All'improvviso, dalla sua mano partì un raggio di luce azzurra e bianca che mi colpi al petto e mi tolse il fiato, come se un fulmine mi avesse trafitto. In un istante, sentii il freddo propagarsi in tutto il corpo: provai un dolore acutissimo, mentre il gelo e il ghiaccio mi stritolavano e tagliavano come lame affilate. La testa cominciò a girare forte e rischiai di cadere, ma Owen mi afferrò in tempo ed esclamò: "La Strega odia il canto! Presto, usa la tua voce, canta!'" Ero frastornato e impietrito, ma mi vennero in mente le parole di una ballata che narravano di un uomo che si era perso nella tormenta e rischiava di morire congelato. E le cantai!

Credi sempre nel sole
anche quando c'è il freddo e c'è il ghiaccio,
che stringono il tuo corpo
in un malefico abbraccio.
Anche quando il pericolo, intorno a te incombe,
scruta dentro al tuo cuore e spariranno le ombre.
Dopo la pioggia, il gran freddo e il dolore.
la gioia tornerà, ancora a darti il calore.
Affronta le cose, con forza e un sorriso
e di nuovo il sole, apparirà sul tuo viso.

"Noooo!" strillò la Strega portandosi le mani alle orecchie. La mia voce l'aveva stordita.

In un istante, vidi mille immagini scorrere velocissime: la Principessa Eileen imprigionata, il Regno avvolto nella sofferenza, i bambini senza sorriso, i raccolti miseri e il silenzio nei boschi.

"Non doveva essere così! Non era giusto! No, non lo era! Tutta quella tristezza, tutta quella terribile

sofferenza dovevano finire per sempre, e non sarebbe stato quell'orribile essere maligno a fermarmi!" pensai. Il mio cuore iniziò a battere talmente forte che lo sentii pulsare insieme alla Pietra magica.

All'improvviso, una abbagliante luce rossa uscì dalla Spilla d'Oro sul mio petto, e un calore intensissimo mi avvolse e mi riscaldò da quel terribile freddo gelido. La pulsazione divenne ancora più forte e sentii battere il mio cuore come un tamburo! Ero avvolto da una energia calda e vibrante.

Il Piccolo Uomo mi guardò con gli occhi sgranati e con lo sguardo incredulo, mentre sentivo il mio sangue scorrere di nuovo.

La Pietra magica illuminò il sentiero con una luce accecante, intensa e abbagliante, sino ad avvolgere la terribile Strega, imprigionandola con forza... poi, cominciò a gridare e a barcollare!

La guardai negli occhi e gridai: "Sono qui perché è giusto e il male deve finire! Fatti da parte!"

Quell'essere malvagio arretrò: la mia voce l'aveva colpita di nuovo come una sferzata, e rise... Rideva nervosamente, ma aveva accusato il colpo.

"Non puoi ostacolare il nostro cammino. Io andrò a liberare la Principessa Eileen e tu non mi fermerai!" esclamai con decisione.

Più la guardavo e più sentivo la mia forza crescere. L'energia che usciva dalla Pietra magica era diventata il prolungamento della mia mente. La prodigiosa luce rossa continuò a stringerla forte, senza tregua, in una morsa incandescente.

La malefica vecchia Strega strillava e rideva mentre indietreggiava, poi gridò ancora per l'ultima volta e scomparve in un bagliore accecante.

Il Piccolo Uomo mi guardò con uno sguardo misto tra approvazione, stupore e meraviglia.

A poco a poco, le fitte al petto divennero un po' meno dolorose e ricominciai a respirare senza che mi scendessero, ad ogni sospiro, delle lacrime silenziose di dolore. La luce rossa era svanita. Ero stremato. Così, per riprendere le forze, mi appoggiai ad una grossa pietra bianca a forma di lumaca e feci un respiro profondo.

Intanto, come se nulla fosse successo, Owen si avvicinò ai cavalli e, con un largo sorriso, disse: "Ci accamperemo qui questa notte! Ormai il pericolo è passato!" Rise soddisfatto e iniziò a preparare un fuocherello che odorava di resina, per cucinare qualcosa da mangiare. Io rimasi seduto a guardarlo senza parlare, mentre molti pensieri sfrecciavano veloci nella mia mente, accavallandosi uno sull'altro.

Mangiammo, e quel leggero pasto caldo mi aiutò a riprendere un po' le forze.

Owen si era seduto di fronte a me e, con la testa leggermente inclinata, mi osservava. "Adesso hai capito?" mi domandò: "Hai capito perché ti aspettavamo da tanto tempo?"

Il petto mi faceva ancora un po' male. "Aspettavate davvero me?" chiesi e continuai "e come potrò sconfiggere il grande potere della Regina di Ghiaccio? Io, sono solo un menestrello. Anche questa volta, non so che cosa sia successo: è tutto capitato così in fretta... e non so neanche come ci sono riuscito!"

Owen, dopo aver rimescolato la miscela di erbe profumate nella sua pipa, disse: "Non avevo mai visto niente di simile! Mai! E questo verrà raccontato quando tornerò indietro dal mio Popolo."

Accese la pipa e iniziò a spiegare: "Ti dirò alcune cose che sono scritte negli antichi testi. C'è scritto che un giovane uomo, con la Spilla magica, sconfiggerà il male oscuro della Regina di Ghiaccio e donerà di

nuovo la pace al Regno. Ma non è finita qui!"
Lo guardai ancora più stupito.
"C'è dell'altro?" esclamai.
"Tu hai il dono della voce, ragazzo!" disse
Owen "Un potere forse ancora più grande della Spilla
d'Oro e della Pietra magica, perché può entrare nel
cuore delle persone e aprire le porte più segrete!"
Si fermò per aspirare una pipata della sua mi-
stura profumata e, dopo una piccola pausa, riprese:
"La tua forza è qui...." indicando il cuore e la Spilla
"...e qui!" indicando, con un gesto della mano, la mia
bocca, come se facesse uscire un canto.
E continuò: "Per sconfiggere la Regina di
Ghiaccio e poter liberare la Principessa Eileen da
quell'orribile maleficio, dovrai essere forte e dovrai
lottare, ma la tua voce e il tuo cuore ti aiuteranno!"
Rimasi senza parole e fissai alcuni sassolini
per terra, mentre riflettevo.
Dopo qualche istante, Owen, ravvivando il
fuoco, propose: "Che ne dici adesso, di un po' di ri-
poso?" e sorrise inclinando leggermente la testa.
Lo guardai negli occhi e annuii.
Preparò un infuso profumato di erbe aromatiche che bevvi, gustandomelo, tutto in un fiato.
Ne avevo davvero bisogno!
Quella notte dormii a stento, girandomi e rigirandomi mentre ascoltavo quella strana e intensa
assenza di suoni e rumori interrotta, solo, dal respiro
del Piccolo Uomo e da un lieve sussurro di una leggera brezza proveniente da Nord.

VERSO LA TORRE DI GHIACCIO

𝒜 vevo appena aperto gli occhi ed ero ancora intorpidito nei miei pensieri, quando, con la voce piena dell'energia frizzante del mattino, Owen esclamò: "Buongiorno, Neil!" Mi misi seduto e vidi che aveva raccolto alcuni rami per ravvivare le braci e un profumo di un infuso caldo e speziato riempiva l'aria. "Dobbiamo andare!" aggiunse, "È tempo di continuare il nostro cammino!" poi si voltò per preparare i cavalli, senza aggiungere altro.

"Va bene, va bene, arrivo!" risposi. Mi alzai e bevvi in fretta: l'infuso bollente che aveva preparato mi scottò la lingua. "Ahhh!" gridai forte. Owen sorrise: aveva capito tutto senza guardare. Spensi il fuoco e raccolsi le mie cose in un lampo: ero pronto.

"Eccomi!" esclamai farfugliando un po' con la lingua ancora scottata, e ci mettemmo in marcia.

Mentre ci inerpicavamo sul sentiero, più il tempo passava, più la mia inquietudine cresceva.

La quiete dei prati fioriti, delle erbe alte e del buon odore dei boschi erano, ormai, un ricordo lontano: cavalcavamo avvolti da densi banchi di nebbia e al freddo pungente, si aggiungeva anche la pioggia che inzuppava i nostri mantelli e oscurava le morbide colline in lontananza.

Il sentiero continuò ad arrampicarsi sempre più stretto e infido, ed era ormai diventato troppo pericoloso per i cavalli. Smontammo, togliemmo le selle bagnate e li lasciammo liberi in una rientranza con alcuni sparuti ciuffi d'erba; da lì, continuammo a piedi.

Ora che non udivo più il rumore degli zoccoli dei nostri cavalli sul sentiero, tesi ancora di più le orecchie per ascoltare. L'aria era densa di una irreale assenza di suoni e rumori: tutto sembrava spento e senza vita! Il tempo passava e il paesaggio era sempre più aspro e spettrale. Neanche le capre si arrampicavano lassù, e faceva un gran freddo.

Il Piccolo Uomo continuava a camminare senza sosta e io non volevo rimanere indietro. Così continuai a seguirlo, passo dopo passo. Di tanto in tanto, si fermava e allungava il collo verso l'alto: cercava il passaggio nascosto per accedere alla Torre.

Continuavamo a salire mentre la neve aveva cominciato a cadere abbondante, con i fiocchi che erano grossi come un pugno.

Man mano che si inerpicava faticosamente sulla montagna, il sentiero diventava sempre meno visibile e più scivoloso: in alcuni punti era ormai difficile seguirlo perché scompariva tra la neve e la roccia, affacciandosi pericolosamente sullo strapiombo.

Il sole stava calando velocemente dietro alle nuvole e il vento gelido soffiava sibilando.

Dietro uno spuntone di roccia apparve uno spettacolo impressionante: una altissima guglia di ghiaccio si alzava verso il cielo.

Era la Torre di Ghiaccio: lugubre, sinistra e spettrale. Rimasi inquietato dall'imponente spettacolo che avevo davanti agli occhi.

"È li che dobbiamo andare! È la Torre della **Regina di Ghiaccio**! La Principessa è là!" esclamò Owen. "Ma dobbiamo trovare il passaggio segreto che porta alla Torre. Nessuno sa dove sia!"

Owen sussurrò: "Gli abitanti dei villaggi del Regno difficilmente si avventurano su questi sinistri sentieri, perché alcune leggende raccontano che si

possono udire delle voci misteriose nelle nebbie!"
Dopo una breve pausa, aggiunse: "Si dice, che siano i
feroci spiriti delle terre al di là del Mare del Nord."
Rabbrividii!

Là, in quei luoghi alla fine del Regno, dove il
vento e il gelo divoravano senza sosta le rocce, era facile credere che vivessero gli spiriti del male.

Seguivo le orme di Owen, mentre faceva un
gran freddo. La neve cadeva ancor più fitta e abbondante, e rendeva quel posto senza suoni, ancora più
spettrale. Intanto, l'oscurità era giunta veloce e il cielo si era colorato di nero.

Lampi lontani trafiggevano la notte e mette-
vano in risalto il profilo delle montagne intorno.

Improvvisamente, il Piccolo Uomo si fermò e,
indicando con la mano, disse. "Guarda! Lì c'è una piccola grotta riparata dal vento. Non possiamo avanzare
oltre. Ci accampiamo qui! Dobbiamo riposare. Ormai,
siamo molto vicini!" Così entrammo.

Con un movimento delle spalle, il Piccolo
Uomo si scrollò di dosso la neve sopra il mantello: nella grotta, riparata dal vento pungente e dalla neve che
continuava a cadere, faceva meno freddo. Accese un
piccolo fuocherello con alcuni piccoli rami e un po' di
resina che aveva portato con sé, e mangiammo rapidamente qualcosa di caldo. Il silenzio era rotto solo
dal rassicurante lieve crepitio delle fiamme: minuscole lingue luminose incandescenti proiettavano morbide ombre sulle pareti lisce della grotta.

Avevo bisogno di riprendere le forze e riordinare i pensieri mentre i dubbi, folti come gli alberi
in una fitta foresta oscura, si affacciavano e si intrec-
ciavano nella mia mente.

"Io, sono un semplice menestrello!" pensai.
"Come posso sconfiggere una Regina con i grandi

poteri delle forze del Male? Come potrò vincere?"
Ma, feci un gran respiro e mi venne in mente
una storia di un giovane coraggioso che, molto tempo
prima, armato di una semplice fionda e tanto coraggio,
aveva sconfitto un temibile gigante dell'esercito nemico
in guerra con il suo popolo.
Un incredibile duello che decise le sorti della
guerra, risparmiando molto dolore. Era un canto sul
coraggio che trionfava sulla bruta violenza.
Così, mentre Owen accendeva la sua lunga
pipa, presi il mio liuto e iniziai a cantare.
Ogni tanto, la Pietra rossa della Spilla d'Oro
sul mio petto, pulsava.

Il Gigante era enorme ed era sotto le mura,
e sfidava i codardi con la sua enorme armatura.
Solo un ragazzo si prese la briga,
di andare a combattere, accettando la sfida.
Rise forte il gigante, ruggendogli in faccia,
quando vide il ragazzo, una fionda e tre sassi in bisaccia.
Ma col cuore grande e il coraggio, per sfidare il destino,
guardò il gigante possente con la lancia a forma di uncino.
"È questo l'eroe, che mi inviate a sfidare
mentre dietro le mura, continuate a tremare?"
Mentre forte il gigante, gridava come un gradasso
in mano il ragazzo, prese la fionda ed un sasso.
"Sei una piccola pulce!" il gigante gridò,
ma il ragazzo fulmineo, un grosso sasso lanciò.
Proprio in mezzo alla fronte, il sasso colpì,
e il gigante nella polvere, per terra finì.
Lo stupore e il silenzio, per un istante regnò,
poi un grido di gioia, tutto intorno si alzò.
Il gigante arrogante, era stato battuto,
dal coraggio e dal cuore, di un ragazzo così risoluto.

"Davvero una bella canzone!" sussurrò a bassa voce il Piccolo Uomo, un po' commosso. "Ora riposa!" e concluse: "Domani dovremo trovare il passaggio segreto per arrivare alla Torre! Ma, siamo vicini!" Guardai fuori dalla grotta. Aveva smesso di nevicare e, attratto dalla luce che entrava, uscii. Le grosse nuvole cariche di neve avevano lasciato spazio alle stelle che si affacciavano dal cielo, specchiandosi nei rivoli d'acqua che scendevano dalla montagna verso valle. Era come guardare migliaia di perle d'acqua argentate, mentre il bagliore irradiato dalla guglia di ghiaccio che rifletteva i raggi della luna era là: la Torre mi stava aspettando.

Respirai profondamente l'aria gelida della notte e, dopo un ultimo sguardo, rientrai nella grotta e tornai vicino al fuoco per riscaldarmi. Il profumo della legna bruciata mi regalò una calda sensazione di pace e mi avvolse come un abbraccio.

"Buonanotte, Owen!" dissi "Domani, sarà il giorno!" e, senza aggiungere altro, mi raggomitolai nel mio mantello ormai asciutto.

Owen annuì, accennando un lieve sorriso.

Ero molto inquieto e mi addormentai a stento, girandomi e rigirandomi nel mio caldo mantello e ascoltando il tintinnio delle gocce d'acqua.

Poi, lentamente, il fuoco si spense.

LA REGINA DI GHIACCIO E I TRE INDOVINELLI

i svegliai con la luce dell'alba. L'aria gelida e pungente entrava nella grotta e mi soffiava sul viso. Mi alzai e sentii un brivido percorrermi lungo la schiena per l'improvviso morso frizzante del freddo. Owen era fuori dalla grotta e, con le braccia incrociate, si guardava intorno.

Le nubi si inseguivano veloci nel cielo, trascinate da un forte vento. Regnava il silenzio.

"È tempo di andare!" disse il Piccolo Uomo. Non aggiunse altro e così ci mettemmo in marcia.

Il sentiero continuava a salire, in alto qualcosa di minaccioso e sinistro, per un istante, oscurò il sole. Dalla forma dell'ombra, mi era sembrato un grosso uccello. Pensavo di aver visto male, ma ricomparve. Roteò più volte sopra di noi, sembrava ci volesse qualcosa... e poi, si diresse verso Nord.

Volava più veloce del vento.

Scomparve all'orizzonte e Owen esclamò: "Era il Grande Corvo della Regina di Ghiaccio!"

"Indicava..." e, con un gesto della mano, aggiunse: "Da quella parte!"

Owen era alcuni passi davanti a me e di colpo si fermò... Aveva visto qualcosa.

Sorrideva soddisfatto. Lo raggiunsi in fretta e guardai nella direzione dove era rivolto il suo sguardo e, con grande sorpresa, li vidi: "Ci sono dei gradini scavati nella roccia!" gridai.

Owen annuì: "È il passaggio segreto per la

Torre!" e aggiunse: "Lo abbiamo trovato!"
Era un varco molto stretto tra le rocce che si inerpicava ripido sulla montagna, quasi completamente nascosto da grandi pietre. Non si vedeva la fine, ma portava in alto, molto in alto.

"Andiamo!" disse e così, tenendomi il più possibile attaccato alla parete con una mano, seguii Owen e cominciai a salire i gradini, uno dopo l'altro.

Cercai di non guardare in basso, mentre una grossa slavina si staccò dall'alto con un suono secco come una frustata, e precipitò nel terribile strapiombo che si apriva pericoloso sotto di noi.

La roccia era sempre più scivolosa per il ghiaccio e il vento soffiava forte, ululando.

Faceva un gran freddo.

Arrivati in cima si aprì un piccolo spiazzo di pietre e neve, circondato da spuntoni affilati come spade. Alzai lo sguardo e vidi la Torre di Ghiaccio: era imponente, altissima e sembrava toccare il cielo. A pochi passi da noi c'era una caverna. All'ingresso, c'era una rosa scolpita in rilievo nella pietra nera, il simbolo della Regina: era la grotta segreta.

L'avevamo trovata! Era proprio come aveva raccontato Owen ed era scritto negli antichi testi.

Entrammo. Dentro era lugubre e buia come la notte: "Aspetta!" Owen esclamò nelle tenebre.

Accese un piccolo lume che aveva con sé e iniziammo ad avanzare. Fuori dalla grotta, il vento aveva ripreso a ululare. Procedemmo sino ad uno spazio della grotta illuminata da alcune torce appese alle mura di roccia, che proiettavano orribili ombre che si muovevano sinistre intorno a noi. Passo dopo passo, riaffioravano nella memoria i ricordi del racconto di Owen degli antichi testi e riconoscevo quel che vedevo. Intanto, il mio cuore aveva cominciato a pulsare

un po' più forte e anche la Pietra della Spilla d'Oro emetteva una lieve luce rossastra.

La grotta si allargò e apparve un'ampia volta ancor più illuminata e là, al centro, sopra alcuni gradini di pietra, su un trono decorato con strani simboli, vidi la Regina di Ghiaccio e rabbrividii.

Vicino al trono c'era un braciere acceso e poco più in là, un enorme corvo nero con gli occhi infuocati era appollaiato su un grande ceppo a forma di capra.

Era tornato!

Nell'ombra, su lunghi scaffali di legno, notai una moltitudine di piccoli scrigni neri, tutti chiusi!

La Regina di Ghiaccio aprì il suo ampio mantello e sogghignando, con voce aspra, sibilò: "Vi aspettavo, naturalmente!"

Il suo vestito era blu scuro, quasi nero, come una notte senza luna, ed era addobbato di argento e perle. Mentre si muoveva, il vestito frusciava nel silenzio della grotta.

Le fiammate che uscivano dal braciere facevano brillare l'abito con mille riflessi che, come spilli pungenti, si proiettavano intorno in tutte le direzioni.

Guardai Owen che annuì con un leggero e quasi impercettibile cenno del capo.

Allora, mi feci coraggio e con voce profonda, esclamai: "Sono qui per liberare la Principessa!"

"Dovrai rispondere a tre enigmi giovane ingenuo! Sei sicuro di voler provare?" la voce della Regina di Ghiaccio risuonò nella grotta simile allo schiocco assordante di una saetta e, guardandomi con aria di sfida, continuò: "Altri hanno provato, hanno fallito e hanno pagato con la vita il loro fatale errore! Se risponderai la Principessa Eileen sarà libera, altrimenti morirai!"

"Risponderò ai tuoi enigmi!" esclamai.

60

"Io metto in gioco la mia vita, ma chi garantisce che manterrai la promessa?" le domandai.

"La mia parola è pronunciata sul Fuoco Sacro di questo braciere. La Principessa sarà libera solo se tu risponderai ai tre enigmi. Se sbaglierai, perderai la vita e la Principessa rimarrà nella Torre. Se risolverai, sarà liberata." rispose solenne.

Guardai di nuovo Owen che era rimasto un paio di passi dietro di me. Fece un rapido segno con gli occhi annuendo leggermente col capo, e così mi voltai e le risposi: "Accetto! Formula i tuoi enigmi e io risponderò!"

Gli occhi penetranti della Regina di Ghiaccio sfolgoravano mentre le sue sprezzanti parole di sfida rimbombarono nella grotta: "Vedremo, giovane menestrello, quanto sei pronto a rispondere o a morire!" poi, di nuovo, ripeté come una staffilata: "Ricorda! Rispondi bene, altrimenti morirai!"

E così, si alzò dal trono di pietra e avvicinandosi, enunciò lentamente il primo enigma con la voce tagliente come la lama di un rasoio.

Facile è ignorarlo e impossibile da decifrare.
Non costa niente e vale tutto;
Prezioso più dell'oro, ma così facile da perdere.
Quando lo perdi soffri,
ma anche quando non ce l'hai per niente.
Non potrai mai possederlo,
ma donarlo tu potrai.
Ogni giorno è nuovo e rinasce come il sole,
e nello stesso tempo, può non morire mai,
e quello che vien detto oggi è nuovo,
ma stà sicuro, che è già stato detto."

Attese che le ultime parole risuonassero nella caverna e, con occhi gelidi, mi chiese: "Che cos'è?" Avevo ascoltato con molta attenzione ogni sua parola, immobile. Ora dovevo trovare la risposta, ma non riuscivo a ragionare. La Regina di Ghiaccio era così vicina che mi toglieva il respiro, come un predatore sulla sua facile preda. "Su, giovane menestrello! Sei senza parole? Ti senti perso? Non potrai mai possederlo, ma donarlo tu potrai!" ripeté. "Che cos'è?" mi incalzò.

Cercavo dentro di me, ma c'era la nebbia nei miei pensieri quando, in un istante, mi vennero in mente le parole di un vecchio canto.

Quando la luce della luna
bacia le montagne,
e le stelle nei tuoi occhi
fanno ardere il mio cuore,
rinasce come il sole
e ogni giorno è nuovo
e nello stesso tempo è vecchio,
così è il mio amore
che ancor dice
quello che è già stato detto.

La musica risuonava chiara nella mia mente e così canticchiai le ultime parole. Il suono della mia voce riempì la caverna, limpido e sicuro. "Silenzio!" strillò la Regina furibonda. "Non cantare!" aggiunse urlando e tappandosi le orecchie con le mani; stringeva così forte, che sembrava volesse impedire ad un serpente di entrare.

Mentre il mio cuore batteva veloce e sentivo pulsare la Pietra della Spilla sul mio petto, la Regina di Ghiaccio sembrava un po' frastornata.

La guardai fissa negli occhi e, senza nessuna esitazione e a gran voce, esclamai:
"L'Amore! La risposta è: l'Amore!"
La Regina chiuse gli occhi e sussultò sconvolta mentre, quasi per caso, notai cadere sul pavimento alcuni petali della rosa nera che teneva in mano: il simbolo del suo potere.

Avevo trovato la soluzione al primo enigma!

Ripreso il controllo, si avvicinò di qualche passo sistemandosi nervosamente l'abito, mi guardò con i suoi occhi malvagi e, con voce rabbiosa, ringhiò: "Hai risposto al primo enigma menestrello. Ma adesso, ascoltami bene, o morirai!"

Le parole riecheggiarono nella grotta feroci a tal punto che il grande corvo aprì le ali intimorito!

Stizzita, prese due calici d'oro, mi mostrò una luminosa perla bianca e una grande pietra nera e con voce sprezzante enunciò il secondo enigma.

"Metterò la perla bianca sotto un calice e la pietra nera sotto l'altro. Se indovinerai sotto quale calice c'è la perla bianca, avrai superato la prova, altrimenti morirai!"

Furtivamente, coperta dall'ampio mantello, senza farsi vedere, sostituì la perla bianca con una pietra nera, ne mise una sotto entrambi i calici e, per confondermi, cominciò a farli girare su una tavola di marmo scuro e freddo. Le pietre, rimbalzando sotto i calici d'oro, producevano un leggero suono metallico.

Si fermò e, con aria sprezzante, mi sfidò: "Coraggio, giovane menestrello, scegli il calice! In uno, una bella perla bianca e nell'altro la pietra nera. In uno, la perla bianca, la vita... e nell'altro, la Morte! Ti manca il coraggio, menestrello? Scegli!" mi incitò acida, con un ghigno malefico.

"Come avrei potuto trovare la perla bianca?

Come potevo sapere dove si trovava?" pensai. Esitavo e sentivo quella voce stridula risuonarmi nelle orecchie. Non riuscivo a concentrarmi.

Ad un certo punto, ebbi un'intuizione: la Regina era malvagia, perfida e falsa! Forse... ma certo! Sotto i calici poteva aver messo due pietre nere! Più riflettevo, e più ci vedevo chiaro! "È troppo sicura di vincere! Mai avrebbe rischiato di perdere basandosi sulla fortuna o sul caso. È troppo sicura! E poi, ora che ci penso... Il suono dei due calici mi sembrava identico! Sì, è proprio così!"

Ma, come fare?

Se avessi alzato uno dei due calici, avrei comunque perso. Non c'era soluzione!

Ma... mi venne in mente che il mio saggio Maestro Galvan ripeteva spesso: "C'è sempre una soluzione a tutto! Per trovarla, devi pensare e guardare le cose da punti di vista diversi! Hai un cervello?" diceva, indicandolo con la mano "Usalo! Pensa!"

E così cominciai a pensare.

Ora, sentivo le stridule grida della Regina di Ghiaccio come ovattate e lontane. "Sì! Dovevo trovare la soluzione per avere salva la vita e salvare la Principessa."

"Come potevo fare?" pensai, ma mi ritornò in mente il testo di una antica canzone."

Nacquero un tempo due gemelli
occhi, bocca e anche i capelli
talmente uguali eran per tutti,
che non li riconoscevan né i belli, né i brutti.
Né alla scuola, né al mulino,
uno era dolce e uno birichino.
Ma neanche le ragazze,
e così facevano cose pazze.

Per bisogno o per diletto
si sostituivan senza un difetto.
Uno era bravo a far di conto,
l'altro un poeta e ti racconto,
che per non farsi mai scoprire,
mai insieme, dovevano apparire!

Nell'ultima frase c'era la soluzione, ne ero sicuro. "... mai insieme dovevano apparire!"
Così, istintivamente, canticchiai le ultime parole! Erano la chiave per trovare la soluzione. Avevo capito come rispondere!

La Regina tappandosi di nuovo le orecchie per non sentirmi cantare, urlò pronunciando parole misteriose che non conoscevo!

I suoi occhi fiammeggiavano ed era in preda all'ira, ma la vidi di nuovo barcollare leggermente.

Con sicurezza appoggiai una mano su uno dei due calici e, tenendolo ben fermo, dissi: "Qui c'è la perla bianca e per dimostrarlo, alzerò l'altro calice, che contiene la pietra nera!"

E così feci! Alzai con l'altra mano, il secondo calice! Sotto, c'era una grossa pietra nera che brillava di una luce tetra.

La Regina di Ghiaccio strillò, come se una frusta l'avesse colpita ma, per non svelare il suo inganno, non poté far altro che ammettere la sconfitta!

Istintivamente, guardai di nuovo la rosa nera che stringeva forte in mano come uno scettro, e vidi che numerosi altri petali erano caduti sul pavimento.

"Sei furbo, menestrello!" ruggì acida e, facendo frusciare nervosamente il suo abito scuro, mi si avvicinò, scendendo qualche gradino della scala.

Si chinò su di me e, in modo feroce, con la bocca vicina al mio viso, enunciò il terzo enigma:

Come nuvole o i sogni, son soave ed eterea
come i numeri precisa e reale, ma senza materia.
Dono lacrime e gioia, e cancello la noia.
A volte son dolce, altre volte ribelle,
entro nel cuore e anche nella pelle.
Nei giorni più cupi, lungo la tua strada,
sarò il tuo scudo, contro ogni spada.
Dico quel che le parole, non riescono a dire,
e quel che in silenzio, non può rimanere.
Nell'anima trovo, i luoghi più nascosti e segreti,
scavalco montagne, mari, cieli e pareti.
Senza di me, il mondo non può viver o amare
riscaldo la vita, come solo il sole può fare."

Attese un istante, mi guardò con i suoi occhi malvagi e pieni di ira e chiese: "Che cos'è?"
La sua voce risuonò aspra nella caverna.
Avevo ascoltato ogni parola senza quasi respirare. Dovevo trovare la risposta al terzo enigma.
La Regina di Ghiaccio era così vicina, quasi sopra di me, che mi sentivo senza fiato.
"Forza, giovane menestrello! Hai perso la lingua? Non canti più?" e continuò: "Nell'anima trovo i luoghi più nascosti e segreti, scavalco le montagne, mari, cieli e pareti!" ripeté. "Coraggio! Che cos'è?" mi incalzò, sfidandomi con lo sguardo.
Dovevo riflettere, e in fretta, mentre la Regina mi incalzava. Tenevo il capo curvo tra le spalle e chiusi gli occhi per cercare la risposta.
"Devo trovarla! Devo trovarla!" pensai, ma nei miei pensieri c'era di nuovo la nebbia.
Fortunatamente, illuminato da un bagliore improvviso, mi venne in mente un canto meraviglioso che aveva composto il mio saggio Maestro Galvan.

Vive e canta intensamente
nelle notti un usignolo.
Canta pavido, sempre più forte
e sfida il freddo e anche la morte.
Il suo canto non puoi fermare,
perché sa scorrere e volare
come il sole che rinasce,
ogni giorno, il mondo ne gioisce.
Musica è perdersi negli occhi
e con un canto, il cuore tocchi.
Nel triste silenzio, un mondo muore,
senza un battito d'amore.

Canticchiai l'ultima frase del ritornello e con quelle parole, in un istante, la nebbia si diradò e trovai la risposta.

La Regina strillò di nuovo, come se fosse stata colpita da una saetta e si mise le mani sulle orecchie, per la terza volta, per non ascoltare la magia di quel bellissimo canto.

Il suono della mia voce le era entrato dentro come una lama di un coltello caldo entra nel burro, e lei era indietreggiata mentre la sua sicurezza aveva iniziato a incrinarsi e ad abbandonarla.

Smisi di cantare e la vidi barcollare leggermente: era frastornata, ma lesse nei miei occhi che avevo davvero capito.

Avevo trovato la soluzione al terzo enigma.

Mi alzai in piedi e, a gran voce, esclamai: "La Musica. La risposta è la Musica!"

La Regina di Ghiaccio vacillò, arretrando sulla scala di pietra come se qualcosa di tagliente l'avesse colpita. Poi, si fermò impietrita dallo sdegno per la mia risposta. Era la risposta giusta!

Gli enigmi erano stati risolti! Avevo trovato le

tre risposte nelle parole sagge dei canti e avevo vinto! La Principessa Eileen era finalmente libera!

Improvvisamente, gli scrigni neri appoggiati sugli scaffali si aprirono e ne uscirono mille piccole stelle luminose, che rischiararono l'oscurità della grotta, con una nuvola di luce limpida e chiara.

Erano gli spiriti dei suoni. Ero ancora sbalordito, quando uno si avvicinò: era un piccolo essere fatato che si muoveva di nuovo libero e festoso.

Gli spiriti dei suoni imprigionati dalla crudele Regina danzarono all'unisono e mi trovai circondato da una nuvola luccicante.

Vidi Owen che li guardava incantato.

La Regina di Ghiaccio invece strillò, in una lingua sconosciuta frasi che non compresi e il grande corvo nero aprì le ali terrorizzato e volò via.

Vidi cadere sul pavimento molti altri petali della rosa nera che, in mano alla Regina, stava appassendo e appariva tristemente avvizzita.

Il simbolo del suo grande potere, si stava sgretolando sotto i miei occhi!

Incrociai, per un breve istante, lo sguardo di Owen che stava guardando la rosa: strizzò un occhio e annuì con un impercettibile gesto del capo.

Furente, la Regina di Ghiaccio, con un gesto stizzito, rovesciò rabbiosamente il grande braciere di ferro che cadendo fece un rumore assordante, mentre le braci incandescenti si spargevano sul pavimento freddo.

ULTIMO MALEFICIO DELLA REGINA DI GHIACCIO

Con sguardo deciso fissai dritto negli occhi la Regina di Ghiaccio e, con una voce profonda, le dissi: "Tre enigmi mi hai proposto e tre ne ho sciolti! Adesso, devi liberare la Principessa!"

Sprezzante e con gli occhi gelidi che lampeggiavano per l'ira che la divorava, si voltò furiosa e, senza dire una parola, si diresse verso una scala di roccia. Io la seguii e Owen dietro di me.

Salimmo i gradini della altissima Torre dove la Principessa Eileen era imprigionata, alla luce della nuvola di stelle luminose che ci circondava.

Arrivati in cima, la Regina di Ghiaccio, con una grande chiave, aprì una pesante porta di legno.

La camera era gelida e vidi solo un piccolo fuocherello acceso nel grande camino. Dall'ampia finestra si vedevano le nuvole e le fredde nebbie avvolgere la Torre, in un abbraccio glaciale.

Fu allora, che vidi la Principessa Eileen.

Era in piedi, vicino ad un vecchio specchio di bronzo un po' malridotto. Sembrava si fosse appena risvegliata da un sonno profondo.

Era bellissima! Con i capelli color del grano che le ricadevano morbidi sulle spalle, osservava un piccolo scrigno nero, appoggiato sul grande camino.

Lo scrigno era aperto!

Guardò sorpresa le piccole stelle luminose, si voltò e mi trovai di fronte due occhi azzurri come il cielo! Io rimasi completamente senza fiato mentre guardavo incantato, i suoi occhi fatati.

Feci un inchino e Eileen si avvicinò, mi prese con delicatezza le mani e, con una voce dolcissima, mi disse: "Benvenuto. Ho sentito la tua voce da quassù. È davvero molto bella! Hai ridestato in me il calore della musica e il mio cuore si è risvegliato!"

"Hai superato le tre prove e lo scrigno si è aperto. Posso parlare di nuovo! Sei stato molto coraggioso e saggio." aggiunse. "Ti devo la mia voce e la mia libertà! O, forse, dovrei dire, ti dobbiamo la nostra voce!" indicando, con un largo sorriso la nuvola di stelle luminose intorno, e aggiunse: "Non lo dimenticherò mai. Grazie!"

Ma la crudele Regina di Ghiaccio fece un passo verso di me facendo frusciare il suo abito scuro e, indicandomi con una mano minacciosa, gridò:

"Giovane menestrello, hai risposto ai tre enigmi e la Principessa potrà tornare libera come avevo detto, ma la sua voce e tutti questi suoni, rimarranno qui nella Montagna, nel più totale silenzio, per sempre!" ruggì indicando le piccole luci.

Le sue terribili parole stavano ancora risuonando nella stanza, quando fui percorso da un brivido gelido lungo la schiena.

"Cosa significa?" esclamai sconcertato.

La Principessa Eileen allargò le braccia sgomenta e Owen si irrigidì!

La Regina, con un ghigno perfido e gli occhi malefici, aggiunse: "Esiste solo un modo con il quale la Principessa potrà andarsene e portare con sé la sua voce!" e aggiunse: "Come gli uccelli cantano mentre volano, do la mia parola che potrà andarsene, libera di parlare e gorgheggiare come un usignolo, portandosi dietro tutte queste fastidiose lucine, se canterà mentre vola, come un uccello libero nel cielo. Che io

possa patire atroci sofferenze nelle tenebre per l'eternità, se non manterrò la mia promessa!"

Spalancai gli occhi incredulo: era una richiesta perfida, crudele, folle e senza via d'uscita!

Mentre dentro sentivo il mio sangue ribollire di rabbia, vidi Owen stringere forte i pugni e guardarla con uno sguardo furioso.

"È impossibile!" gridai.

"Come può la Principessa Eileen volare nel cielo e cantare come un uccello?" esclamai voltandomi disperato verso Eileen.

"Un modo c'è!" esclamò risoluta la Principessa, con una strana luce negli occhi. Era calma, troppo calma e il suo sguardo era cambiato.

Eileen guardò Regina di Ghiaccio e le disse: "Io volerò e canterò, come tu hai detto! Canterò mentre volo nel cielo, come un uccello! Così sarà!"

La sua voce risuonò come una staffilata; intanto, lentamente, si era avvicinata alla finestra.

La fissai sgomento mentre il mio cuore batteva all'impazzata e gridai forte: "Nooooooo! Non farlo!" la supplicai. "Per favore, non farlo!"

Mi guardò, inclinando leggermente il viso: il suo sguardo era dolce, ma irremovibile!

"Ti prego, Principessa Eileen, ti prego, non farlo!" la mia voce era completamente strozzata dalla disperazione mentre la supplicavo.

Anche la malefica Regina capì le intenzioni della Principessa Eileen e la scrutò piena di odio e di rancore: era sbalordita da tanto coraggio!

La Principessa voltò lo sguardo di nuovo verso la madre crudele, fissandola dritta negli occhi e, indicando me con la mano, continuò: "Lascerai libero il mio coraggioso amico che potrà tornare a casa! Ha risolto i tre enigmi ed è libero!"

Con veemenza, la intimò: "Dovrai mantenere la tua parola, altrimenti, trascorrerai l'eternità tra gli atroci tormenti, nel mondo scuro delle tenebre!"

La Regina non ebbe neanche il tempo di rispondere che la Principessa Eileen aprì la grande finestra, senza degnarla di uno sguardo.

Il vento entrò nella stanza e la sfiorò come una mano gentile, il suo abito iniziò a svolazzare. Eileen mi guardò, mi sorrise e iniziò a cantare.

Le note della sua voce sembrarono prendere vita, diventando un pulviscolo luccicante di piccole stelle brillanti che illuminarono la stanza e si mescolarono alle altre mille piccole luci fatate.

La voce dolce e melodiosa di Eileen riempiva le mie orecchie e il mio cuore, mentre i miei occhi si bagnavano di lacrime.

Conoscevo bene le parole di quel canto: erano struggenti e dicevano che l'amore è un dono prezioso, ed è desiderare la felicità di chi ami.

La Regina di Ghiaccio gridò, ma la voce della Principessa divenne ancora più forte e intensa.

Le note mi avvolgevano come un tenero abbraccio, erano magiche, appassionate e meravigliose.

Il vento l'accarezzava e la Principessa Eileen mi guardò di nuovo: una piccola lacrima le bagnò una guancia mentre ancora mi sorrideva.

Quella tristissima lacrima e quel sorriso dolce e delicato mi toccarono nel profondo del cuore. Non li avrei mai dimenticati!

All'improvviso, Eileen si lanciò nel vuoto!

Il mio cuore smise di battere e tutto si fermò per un lunghissimo istante. La guardai librarsi libera e leggera nell'aria, accarezzata dolcemente dal vento, mentre la sua voce si diffondeva tutt'intorno e riempiva la valle e ogni luogo del Regno.

Man mano che la vedevo allontanare e precipitare verso il basso, il mio cuore si sgretolava.

Ma, improvvisamente, per una prodigiosa magia, accadde qualcosa di straordinario: in un lampo, la Principessa Eileen si trasformò in una bellissima aquila dorata che prese a volare alta nel cielo, mentre il vento continuava a trasportare lontano, le note armoniose della sua voce.

Ero sbalordito e, nello stesso tempo, provai una gioia immensa e ricominciai a respirare.

Mi voltai e vidi Owen che aveva la bocca completamente spalancata per lo stupore.

L'Aquila Dorata volava maestosa e regale, e la Regina di Ghiaccio la guardò incredula con gli occhi stralunati. Poi, volse lo sguardo al pavimento dove erano caduti gli ultimi petali della rosa nera che stringeva in mano.

La rosa era ormai completamente appassita e la Regina, stizzita, la gettò ai miei piedi. Il simbolo del suo potere malvagio e nefando si era sbriciolato, e adesso era là, sparso per terra! Quello che successe dopo, accadde tutto nel tempo di un respiro.

Il mio cuore batteva fortissimo e mi vennero in mente le parole del libro dei Piccoli Uomini: "Le Terre del Nord riprenderanno a vivere, anche se lacrime di gioia e di tristezza si uniranno per sempre!"

Ecco quale era il significato di quelle parole. Ora, l'avevo capito, e così guardai furibondo la Regina.

La mia voce uscì tonante come un ruggito: "Pagherai per questo!" e, indicandola con un gesto furioso della mano, continuai: "Pagherai per la tua insaziabile malvagità! La tua ripugnante crudeltà non poteva sconfiggere l'amore!" esclamai. "Ma hai anche voluto il sacrificio della Principessa!"

La Pietra sul mio petto pulsò ancora più forte,

all'unisono con il mio cuore e un'abbagliante luce rossa, intensa e caldissima uscì dalla Spilla d'Oro e avvolse in una morsa, la malefica Regina.

Era ormai, definitivamente sconfitta!

Mi guardò con gli occhi smarriti e, col viso sfigurato, strillò: "Nooo! Nooooo! Io sono la Regina! Tu sei solo un menestrelloooooo!!!!"

A quelle parole, il mio cuore e la Pietra pulsarono ancora più intensamente e la perfida Regina di Ghiaccio fu colpita da una folgore di luce accecante e scomparve in una nuvola di fumo nero.

Il tempo sembrò fermarsi di nuovo.

Owen allargò leggermente le braccia e mi guardò stupefatto aggrottando la fronte. Poi, i primi raggi del sole tagliarono le fredde nebbie ed entrarono luminosi dalla grande finestra.

Intanto, il canto d'amore della Principessa Eileen continuava a risuonare trasportato dal vento, e tutto si risvegliò come per magia.

Mentre il sole accarezzava le fronde degli alberi, gli animali del bosco uscirono dalle loro tane e così vidi lepri, rane, ricci, volpi, cervi e i rami si colmarono di uccelli festosi e di scoiattoli.

I fiori iniziarono a spuntare nei prati che si srotolarono come un tappeto verde intenso e colorarono di nuovo le morbide colline, mentre l'acqua dei ruscelli tagliava con linee argentate le rocce, per correre allegramente verso il fiume.

La magia della Musica era tornata, ovunque!

IL RITORNO A CASA

Passo dopo passo, lasciammo la Torre. Mentre scendevamo i gradini di pietra e tornavamo indietro, ero ancora frastornato dallo stupore per gli incredibili prodigi a cui avevo assistito e dall'incontro con Eileen. Non riuscivo a togliermi dalla mente il suo sorriso, i suoi occhi profondi, la sua lacrima amara e l'istante in cui, sospesa nel vento, si trasformava in quella splendida aquila. Non avrei mai dimenticato il suo coraggio e la sua generosità: si era sacrificata per il mondo che amava donando se stessa. Totalmente!

Ripensavo anche alla folle cerimonia nel bosco, alla Strega e alla malefica Regina: sconfitte e spazzate via dal potere della Pietra magica che pulsava con il mio cuore. Stordito dalle tante cose accadute, cercavo di riordinarle negli scaffali della mia mente.

In quel turbinio di pensieri, solo un'unica cosa era certa: non sarei stato più come prima.

Così, seguivo Owen taciturno e non riuscivo a parlare: non avrei saputo esprimere con le parole tutte quelle sensazioni travolgenti e profonde. Il mio cuore si era come fermato e la Pietra rossa della Spilla d'Oro sul mio petto, adesso, era addormentata.

Owen aveva capito e rispettava il mio silenzio. Sulla Torre, dopo avermi stretto forte un braccio e avermi sorriso con una lieve tensione della bocca, aveva pronunciato solo tre parole con voce lenta e profonda: "Tutto è compiuto!" poi, mi aveva lasciato avvolgere completamente dai miei pensieri.

Ora, non ci rimaneva che ritrovare la strada

di casa. Avevamo finalmente ripreso i cavalli e, mentre avanzavamo lungo il sentiero, il sole stava iniziando ad abbassarsi pigramente. La brezza portava il profumo dei fiori e dell'erba, e la foresta, ormai vicina, mandava il vapore della pioggia caduta il giorno precedente avvolgendo tutto con un mantello d'argento. Intorno, eravamo circondati da tantissimi suoni e rumori: erano finalmente tornati!

Ci fermammo per la notte e mi abbandonai ad un sonno profondo, sereno e senza sogni. Alle prime luci dell'alba eravamo già in sella quando, improvvisamente, un grosso cervo ci passò accanto e abbassò il capo con le sue grandi corna. Il concerto di alcune rane che gracidavano, si mescolò al suono di un forte grugnito di un cinghiale che si muoveva rumorosamente tra gli alberi. Davanti a noi, su un lungo ramo di un albero, alcuni scoiattoli si erano raccolti in fila uno accanto all'altro, mentre uno schiamazzare di papere chiassose venne portato dal vento e un lungo ululato di un branco di lupi sembrò salutare il nostro passaggio. Era il meraviglioso canto del bosco!

Il ritorno fu molto più rapido dell'andata, o così mi sembrò. Continuammo a cavalcare, sino a quando il Piccolo Uomo si fermò vicino ad un tronco spezzato di un grande albero cavo.

Le nostre strade si dividevano in quel punto: tornava dal suo Popolo.

Scendemmo da cavallo e misi il liuto sulle spalle. Owen si avvicinò e, guardandomi negli occhi con voce profonda, disse: "Grazie per quello che hai fatto! Il tuo cuore è nobile e puro. Racconterò al mio Popolo la tua incredibile storia e il tuo grande coraggio. So che un giorno ci rincontreremo e potrò ascoltare, di nuovo, la tua magica voce." Mi diede una grossa pacca sul braccio e aggiunse: "Nelle nostre terre, intorno ai fuochi, si narrerà la tua storia e il tuo coraggio." Stavo per restituirgli la Spilla d'Oro, quando Owen mi fermò le mani e disse: "Quella appartiene a te! Ora, è tua. A presto, Neil!" Non aggiunse altro, prese le redini dei due cavalli, si voltò e, dopo qualche passo, scomparve.

Rimasto solo, sentii gli occhi bagnarsi: "Forse, è l'erba cipollina che riempie di lacrime i miei occhi!" pensai. Non volevo piangere, no, non proprio adesso. "Sì, certo, alcune erbe selvatiche fanno questi strani effetti e qui... è proprio pieno di erba cipollina!" pensai, e... feci finta di crederci!

Respirai profondamente l'aria della notte e una strana sensazione iniziò a diffondersi dentro di me. Era una sensazione profonda e intensa che mi colse completamente di sorpresa: ora, sapevo che quello era il mio primo viaggio e altri ne sarebbero seguiti.

Sentii la Spilla d'Oro che aveva ricominciato a pulsare sul mio petto, sotto il mio mantello: sapevo che mi avrebbe accompagnato ovunque fossi andato. "Strano!" pensai. "Sono un semplice giovane menestrello, ma... come posso sapere quelle cose?"

Un po' agitato, affrettai il passo per il pendio e mi fermai con un respiro affannoso, accanto ad un ruscello. Mi inchinai per bere un sorso d'acqua fresca e lì, finalmente, volgendo lo sguardo ad Est, potei vedere l'antico Cerchio di Pietre.

Il cammino divenne nitido e chiaro: quella era la strada per tornare a casa.

FINE

L'INCREDIBILE SCOPERTA

Il nonno smise di leggere, si fermò per un momento e mi guardò.

"Nonno," dissi, "è davvero una bellissima storia. Ma… il menestrello avrebbe potuto scegliere di non andare a salvare la Principessa e cambiare il suo destino?"

"Il destino non è scritto nelle carte o nelle stelle. È dentro di te!" mi rispose e continuò: "Se lo eviti, non lo affronti e fuggi, ti verrà a cercare e ti troverà: allora sprofonderai in quel che ha già deciso per te. Se vivrai con coraggio potrai decidere gli eventi, se sarai debole subirai quello che il destino ti impone."

Rimasi colpito da quelle parole e mentre ancora risuonavano nell'aria, il nonno volse di nuovo lo sguardo al libro: sull'ultimo foglio ingiallito c'erano alcune minuscole sbavature di inchiostro, simili a gocce d'acqua cadute per sbaglio. Le guardò e, facendo attenzione a non sciupare quelle pagine ormai lise dal tempo, chiuse con dolcezza il suo prezioso tesoro.

Si alzò e andò alla finestra, l'aprì e, da lontano, arrivò il grido di un'aquila nella notte. Il suono era lungo, dolce e acutissimo: era un saluto. Era la sua aquila, nobile e maestosa, ne ero certo!

Chiuse la finestra lentamente, con dispiacere, poi, si voltò e vidi che aveva gli occhi un po' bagnati.

"Strano!" pensai, "Forse è stata l'aria fresca e pungente della notte." ma, in un attimo, fu proprio allora che capii tutto!

L'Aquila dalle splendide striature dorate, con gli occhi dolci che salutava dal cielo e con cui il nonno

parlava. L'Aquila Dorata… era la Principessa Eileen!
E la spilla a forma di aquila con la Pietra rossa… era la Spilla d'Oro con la Pietra magica donata
dalla Dama del Bosco al menestrello! Era proprio quella che avevo visto nel cassetto!
E il nonno… ma certo! Il nonno!
Il nonno era il coraggioso menestrello che aveva sconfitto la Regina di Ghiaccio!
Mi guardò con la testa un po' inclinata e con
uno sguardo intenso, profondo e malinconico: sapeva
che avevo capito!
E così, compresi che le misteriose sbavature su
quell'ultimo foglio del libro, erano lacrime: le lacrime
di un pianto d'amore.

Anche quella notte fu illuminata dalla luna e,
puntuale, soffiò il vento dalla Montagna.
Come una carezza delicata, arrivarono le dolci
note di un canto d'amore: lo stesso dolcissimo canto
che avevo sentito durante il sogno della prima notte, in
quella vecchia e grande casa. Quelle struggenti note
lontane portate dal vento, mi avvolsero e mi accompa-
gnarono nel magico mondo dei sogni.

La mattina dopo mi alzai presto e, passando vicino al camino, vidi una piccola pergamena per terra:
inavvertitamente, era uscita dalle pagine del prezioso
libro del nonno. La raccolsi e la lessi incuriosito.

LA PERGAMENA

Erano ormai passati alcuni mesi, l'estate stava volgendo al termine ed ero in partenza per un nuovo viaggio. Seduto sulla riva del mare, contemplavo un tramonto infuocato: l'azzurro del cielo cristallino diventava arancio, rosso, lilla, sino ad un blu intenso.

La fragranza dei ricordi uscì da un cassetto ben nascosto nel mio cuore e pensando a quei momenti ormai lontani, scrissi queste parole e, suonando il liuto, le cantai.

Danzano le onde, il sole bacia il mare,
guardo l'orizzonte e cerco te...
Giunge ormai la notte, accarezzo il vento,
ancor sento la tua voce, è dentro me...
L'anima tua danza, all'ombra della luna,
mentre il fiume della vita, scorre ancor...

Terra di fragili eroi,
un amore non morirà mai,
ancor fremo al profumo di te,
io ti cerco, anche senza un perché.

Canto per te l'amor,
la notte è fredda, ormai,
e nell'oscurità, mi manca l'aria...

Canto per te il mio amor,
come una stella brillerai,
e nell'immensità, io ti ritroverò.

SOMMARIO

RINGRAZIAMENTI

Dovrei ringraziare molte persone nella mia vita per aver ascoltato e creduto nei miei sogni, ma lo spazio è troppo breve, per cui mi limiterò a ringraziare coloro che hanno contribuito alla realizzazione di questo libro: Gabriele Coltri per i suoi preziosi consigli e per la sua musica; Lucia Maria Eugeni per il supporto nella lettura critica e per la revisione del testo; Paolo Monesi per aver letto la bozza del libro a sua figlia; Nicole Rochat Gex per aver ascoltato lo svilupparsi del mio sogno di scrivere questa favola, ed infine ringrazio, di cuore, mio figlio Jacopo Menconi, per avermi preso per mano e portato, con fermezza, a fare quello che non avrei mai fatto e di cui avevo assoluto bisogno.